Jerome Charyn

Citizen Sidel

Die Isaac-Sidel-Romane
10/12

DIAPHANES

Originalausgabe:
Citizen Sidel
© 1999 by Jerome Charyn

Übersetzung: Jürgen Bürger
Überarbeitet von Sabine Schulz

1. Auflage 2017

© diaphanes, Zürich-Berlin
www.diaphanes.net
Alle Rechte vorbehalten

Satz und Layout: 2edit, Zürich
Druck: Steinmeier, Deiningen

ISBN 978-3-03734-720-1

# TEIL EINS

1

Er war der Liebling der Demokraten: Isaac Sidel, Bürgermeister von New York und Ex-Police Commissioner, kurz davor, zum Kandidaten der Partei für das Amt des Vizepräsidenten gekürt zu werden. Er würde zusammen mit J. Michael Storm kandidieren, dem Baseballzar, der bei den Vorwahlen Senatoren und Milliardäre geschlagen hatte. J. Michael hatte den schlimmsten Streik in der Geschichte des Baseballs geschlichtet. Er war ein wild entschlossener, aggressiver Kandidat ... und ein ehemaliger radikaler Student, den Isaac höchstpersönlich vor dem Gefängnis bewahrt hatte. Das Land hatte sich in sie verliebt. Sie waren ein ganz eigenes Komiker-Paar: Laurel und Hardy waren wieder auferstanden, als zwei Tunichtgute vom Elitekommando. Doch Isaac hatte keine Zeit für Comedy. Die Stadt quoll über vor Demokraten, und Isaac war der Babysitter und Sheriff der Democratic Convention, des Nominierungsparteitags der Demokraten.

Die Partei hatte den Madison Square Garden mitten in einer Hitzewelle gekapert; Isaac musste sich um irre Bombenleger, Demonstranten und die Abzüge der Klimaanlagen kümmern. Außerdem musste er sich bei den New Yorker Delegierten aufhalten, sich wie ein Politiker aufführen und Demokraten die Hände schütteln, die schon mal ein Gefühl für den zukünftigen Vizepräsidenten bekommen wollten. Zusammen mit J. Michael war er auf der Titelseite des *Time Magazine* gewesen. Er hatte mit Journalisten aus Indien, Hongkong, Spanien zusammengesessen … gab jede Stunde zehn bis zwanzig Interviews. Die Reporter wollten einfach nicht aufhören, ihn zu nerven.

Isaac hatte seinen eigenen Secret-Service-Mann, der ihm auch offiziell gehören würde, sobald J. Michael die Nominierung erhielt und vor dem gesamten Parteitag seinen Vize bekannt gab. Isaac wurde seinen FBI-Schatten nicht los, Martin Boyle, ein zweiunddreißigjähriger Scharfschütze aus Oklahoma City, der mit Sidel gern über Kanonen, Pferde und Mädchen redete. Boyle war eins achtundachtzig groß und dafür ausgebildet, sich jeder Kugel in den Weg zu stellen und sein Leben zu geben für den Kandidaten, den er beschützen sollte.

»Mr. President …«

»Verdammt, Boyle«, sagte Isaac. »Träumst du mich ins Weiße Haus? Ein Vizepräsident ist immer der vergessene Mann der Partei, und was ist, wenn J. und ich die Wahl verlieren?«

»Sir«, sagte Martin Boyle, »sehen Sie sich doch nur mal um … auf dem Ticket der Demokraten sind Sie die eigentliche Nummer eins!«

»Sag so was nicht, Boyle. Du bringst J. Michael noch Pech.«

»Der hat doch sowieso schon Pech. Haben Sie denn nicht seine Akte gelesen, Sir? Der ist doch total kompromittiert, der hält keine sechs Monate an der Pennsylvania Avenue durch.«

»Und warum haben ihm dann die Republikaner noch nicht die Zähne rausgerissen?«

»Die schlagen sich doch lieber mit J. Michael als mit dem ›Citizen‹. Das ist übrigens Ihr Codename beim Service. Es ist ein Zeichen von tief empfundenem Respekt.«

»Und wie nennt ihr J. Michael?«

»Shitman.«

»Sagt ihr das auch noch, wenn er gewählt wurde?«

»Sie meinen, wenn wir unter uns sind? Ja.«

»Hättest du gern mal etwas Tapetenwechsel, Boyle? Möchtest du zusehen, wie der ganze Scheiß-Secret-Service ausgetauscht wird?«

»Nein, Sir.«

»Dann halt den Mund und hör auf, mir auf der Pelle zu kleben. Michael kann es sich immer noch anders überlegen und sich einen anderen als Vizepräsident aussuchen. Ich bin lediglich Citizen Sidel.«

Er ließ Boyle stehen und verließ den Madison Square Garden. Die Metalldetektoren drehten völlig durch. Isaac trug seine Glock. Das war eines der Dinge, die das amerikanische Volk an ihm so gut fand: ein potenzieller Vizepräsident, der wie ein Straßenräuber oder ein Police Chief immer eine Kanone in der Tasche hatte, und Isaac war beides gewesen: Straßenräuber und Polizeipräsident.

Er dachte nicht an die Sicherheit im Garden, er dachte nicht an die Delegierten, die J. Michael erst noch für sich gewinnen musste; er dachte an einen Captain, der in One Police Plaza mit Isaac gearbeitet hatte, ein vorbildlicher Cop kurz vor der Pensionierung. Douglas Knight wurde beschuldigt, den eigenen Sohn ermordet zu haben, ebenfalls ein Cop und wie sein Dad mit Orden für außergewöhnliche Tapferkeit dekoriert. Vor den tödlichen Schüssen hatte es Gerüchte gegeben, Internal Affairs ermittle gegen Vater und Sohn, weil Doug und Doug Junior sich selbstständig gemacht hätten und nebenbei als Killer arbeiteten. Isaac konnte es nicht glauben. Er hatte Doug Junior aufwachsen sehen, wusste um seine Hingabe und Loyalität gegenüber dem NYPD.

Der Captain saß in einer Zelle im Criminal Courts Building. Wollte nicht mal mit seiner Frau sprechen. Er saß im Dunkeln da wie ein Mann ohne Land. Isaac hätte auf dem Parteitag Hände schütteln und sich mit dem großen Strategen und Königsmacher der Partei beraten sollen, Tim Seligman, der später hinter J. Michaels Thron stehen und ihm ins Ohr flüstern würde. Tim hatte ihn schon mehrfach angepiept, weil Isaac sich unter die sturen Delegierten aus dem Süden mischen sollte, die nicht sonderlich glücklich waren bei dem Gedanken an einen »hebräischen Vizepräsidenten«. Aber jetzt gerade konnte Isaac sich nicht unter irgendwen mischen. Und fast wäre er daran gescheitert, sich aus dem Madison Square Garden abzusetzen. Demokratische Ehefrauen auf Shoppingtour hielten Isaac fest, als er die Seventh Avenue überqueren wollte.

»Mr. President«, sagten sie, und Isaac fragte sich allmählich, ob Tim Seligman wohl ein dreckiges kleines Komplott aushecke und J. im letzten Moment noch abservieren und dem Nominierungsparteitag Citizen Sidel aufdrücken wollte.

»Wichtige Angelegenheit«, sagte er den Ehefrauen und sprang in ein Taxi. Der Fahrer wollte Isaacs Autogramm. »Euer Ehren, Sie wären ein besserer Präsident als dieser Penner. Der soll lieber beim Baseball bleiben.«

Isaac stürzte aus dem Taxi, piepte seinen Fahrer an und erreichte Criminal Courts schließlich in der offiziellen Limousine des Bürgermeisters. Er ging schnurstracks in den Keller und fragte nach Captain Knight. Der Gefängnisaufseher beharrte darauf, dass Knight ihn nicht sehen wollte.

»Schon in Ordnung«, sagte Isaac und betrat mit dem Aufseher den kleinen Zellentrakt.

Der Captain stöhnte, als er Isaac sah. »Sind Sie der Teufel, Mr. Mayor?«

»Nicht immer.«

»Können Sie mich dann bitte in Ruhe verrotten lassen?«

»Geht leider nicht, Doug. Du wirst schon mit mir reden müssen.«

Das bittere Lächeln des Captains durchbrach die schwarzen Gitterstangen seiner Zelle. »Ich habe alle Zeit der Welt, Isaac. Sie dagegen stecken mitten in einem Nominierungsparteitag und dem ganzen Rummel drum herum. Sie sind der Mann der Demokraten.«

»Scheiß auf den Parteitag, und scheiß auf den Rummel. Ich bleibe hier bei dir, Doug. Tag und Nacht. Ich stehe auf lange Wachen.«

Der Captain nickte seinem Gefängniswärter zu, der daraufhin die Zelle aufschloss; dann marschierten alle aus dem Zellenblock. Isaac fuhr mit Captain Knight nach oben zu einem Richter, der ihnen sein Dienstzimmer überließ; sie saßen inmitten eines riesigen Bergs juristischer Fachbücher.

»Ich hab ihn umgelegt«, sagte der Captain. »Genügt das nicht?«

»Du bist ein Cop«, flüsterte Isaac, »einer der besten, die ich je hatte, und Cops bringen ihre Söhne nicht um. Es muss also einen Grund gegeben haben.«

»Kennen Sie denn die Gerüchte nicht? Junior und ich hatten eine kleine Agentur für Mordanschläge aller Art. Wir haben unter anderem Auftragsmorde für die Mafia übernommen. Dann hatten wir einen Streit. Es ging natürlich um die Millionen, die wir bis dato gemacht haben. Er wollte mich umlegen, und da hab ich ihn eben zuerst umgelegt.«

Der Captain begann zu weinen.

»Was zum Teufel ist wirklich passiert?«, sagte Isaac.

»Er hat Geld angenommen... hat Leuten Gefälligkeiten erwiesen, die er nicht hätte erweisen sollen. Er hat bis zum Arsch in Schulden gesteckt.«

»Kredithaie?«, fragte Isaac.

»Kredithaie. Andere Cops. Und Freundinnen, Lebensmittelhändler, einfach jeder, von dem er was abgreifen konnte.«

»Und um was für Gefälligkeiten genau hat es sich gehandelt?«

»Er hat für ein paar üble Typen den Personenschutz übernommen.«

»Okay, aber das ist kein Kapitalverbrechen. Du bringst Junior doch nicht um, nur weil er für Mafiageld den Babysitter spielt. Das ist der mit Abstand beliebteste Job für pensionierte Cops... Babysitten.«

»Aber Junior war noch nicht im Ruhestand. Er war dreiunddreißig. Ich hab ihn erledigt. Es wäre nur noch schlimmer geworden. Mr. Mayor, darf ich jetzt wieder zurück in meine Zelle, bitte...«

Seligman versuchte immer noch, ihn über seinen Pieper zu erreichen. Die Demokraten brauchten Sidel. Doch die Geschichte des Captains ergab keinen Sinn. Isaac fuhr über die Brooklyn Bridge und stattete in der Pineapple Street der Frau des Captains einen Besuch ab. Das halbe Rätsel löste er, noch bevor Sandra Knight auch nur ein Wort herausbrachte. Sie hatte Blutergüsse unter beiden Augen. Ihre Lippen waren stark angeschwollen. Sie hielt die Sicherheitskette eingerastet, und Isaac musste durch den schmalen Spalt, den die Kette ließ, nach ihr linsen.

»Sandra«, sagte er, »ich bin kein Räuber. Lassen Sie mich rein.«

Sie zog die Kette aus der Führungsschiene, und Isaac quetschte sich an Sandra Knight vorbei.

»Isaac, verzeihen Sie mir«, sagte sie. »Da waren Reporter... und Cops in Zivil.«

»Internal Affairs«, sage Isaac. »Die schnüffeln rum. Das ist ihr Job.«

»Mein Junge ist noch nicht mal beerdigt... und mein Mann ist schon weit fort. Er gibt mir die Schuld«, sagte Sandra.

»Sie haben Junior hinter Dougs Rücken Geld geliehen, stimmt's? Viel Geld.«

»Ich musste... er hat gesagt, die würden ihn umbringen.«

»*Die?*«

»Gangster. Andere Cops. Ich weiß es nicht genau. Er ist immer verrückter geworden.«

»Junior hat Sie also nicht zum ersten Mal geschlagen.«

»Ich hatte kein Geld mehr. Ich konnte ihm nichts mehr geben.«

»Und Doug hat ihn gewarnt, falls er je wieder...«

»Es war keine Warnung«, sagte Sandra. »Überhaupt nichts in der Richtung. Doug kam nach Hause, sah die blauen Flecken auf meinem Gesicht, hat Junior gesucht... und hat ihn erschossen.«

Isaac stand vor der Poplar Street, dem Sitz von Internal Affairs. Er wagte es nicht, sich hier einzumischen. Er war nur der Bürgermeister. Er wartete, trat von einem Fuß auf den anderen, bis schließlich ein ihm bekannter Detective aus dem Gebäude stolziert kam. Isaac hätte nicht telefonieren können. Sämtliche Leitungen bei Internal wurden abgehört. Er folgte dem Detective einige Blocks, holte ihn dann ein, packte seinen Arm. »Hallo, Herman.«

Der Detective blinzelte. »Euer Ehren?«

»Begleite mich ein Stück, Herm.«

Herman Broadman hatte früher auf der Position des Center Field für die Delancey Giants gespielt, Isaacs Team bei der Police Athletic League. Und Broadman hatte sich von der PAL zum NYPD und dort zu einer Stelle bei Internal Affairs hochgearbeitet.

»Du musst mir einen verdammt großen Gefallen tun«, sagte Isaac.

»Chef, kompromittieren Sie mich nicht… ich muss Ihnen sonst mitten auf der Straße Handschellen anlegen.«

»Ich möchte kein Beweismaterial manipulieren, nichts in der Richtung. Aber ich muss über Doug Junior Bescheid wissen.«

»Ich gebe keine vertraulichen Informationen preis.«

»Herm, bitte. Nur eine Andeutung. Hatte er eine Freundin?«

»Ich bitte Sie, Isaac, sagen Sie mir, was Sie für mich tun werden, wenn Sie erst mal Präsident der Vereinigten Staaten sind… ein Job in Ihrer Regierungsmannschaft, was?«

»Ich übe nicht für das Präsidentenamt, Herm. Und ich habe nichts zu vergeben. Ich hoffe einfach nur, dass Captain Knight nicht wie ein Hund verreckt.«

»War ich Ihr bester Center Fielder, Isaac?«

»Nein, Herm. Du hattest nicht die richtigen Bewegungen drauf, und du hattest auch nicht den nötigen Pep. Aber du warst ein unglaubliches Arbeitstier.«

»Ich liebe Sie, Isaac. Sie haben mich nie verarscht… warten Sie hier.«

Isaac lutschte eine halbe Stunde am Daumen, musste seine Nervosität verbergen. Sein Chauffeur ertappte ihn mit einem Finger im Mund. »Mr. Mayor, Tim Seligman hat versucht, Sie übers Autotelefon zu erreichen ... es gibt eine Krise. Irgendwas wegen Delegierten aus den Südstaaten, die Sie für sich gewinnen sollen.«

»Mullins«, sagte er zu seinem Chauffeur, einem pensionierten Cop mit Herzproblemen und Leistenbruch (Isaac stellte mit Vorliebe Invaliden ein). »Richten Sie Tim aus, dass Isaac Sidel unsichtbar ist, dass Sie ihn nicht ans Telefon kriegen.«

»Er wird mich fertigmachen, Isaac. Er ist der Chef aller Demokraten.«

»In zwei Tagen bin ich der offizielle Kandidat. Dann fresse ich Tim Seligman bei lebendigem Leib. Stellen Sie sich einfach dumm.«

»Aber ich kann nicht lügen«, sagte Mullins. »Ich habe Sie gesehen, von Angesicht zu Angesicht ...«

»Mullins, Sie können immerhin keinen unsichtbaren Mann treffen ... Tschüss.«

Der Chauffeur verschwand, und Isaac lutschte weiter am Daumen, bis Broadman eintraf.

»Also, Herm, wer ist die Mata Hari?«

»So einfach ist es nicht, Chef.«

»Ah, dann sag mir halt, dass kein Häschen darin verwickelt ist ... dass Doug Junior nur auf ein bisschen Taschengeld aus war.«

»Ich hab nicht gesagt, dass es keine Frau gibt, aber ein Häschen ist sie nicht.«

»Du erzählst mir doch nur, was ich eh schon weiß, Herm. Du hast mir doch versprochen ... Wie heißt sie?«

»Daniella.«

»Daniella. Daniella wer?«

»Daniella Grossvogel, eine Uni-Professorin. Lehrt vergleichende Literaturwissenschaft an der NYU.«

»Hör auf zu faseln. Ist sie verwandt mit ...«

»Ja. Sie ist Captain Grossvogels Tochter.«

»Na, großartig«, sagte Isaac. »Doug Junior ist rein zufällig in die Tochter seines eigenen Captains verliebt. Oder ist Barton Grossvogel inzwischen die Karriereleiter raufgestolpert?«

»Er ist immer noch Captain des Null-vierer Reviers.«

»Der Fürst der Elizabeth Street«, sagte Isaac.

»Er führt ein eisernes Regiment wie kein Zweiter in Manhattan. Seine Detectives spuren, und das ohne Ausnahme.«

»Und Internal Affairs ermittelt nicht zufällig gegen ihn, nehme ich an?«

»Das geht Sie nichts an, Isaac. Daniella lehrt im Sommersemester. Sie finden sie auf dem Campus der NYU.«

Er schämte sich für sich selbst. Er setzte seine Popularität, seinen Einfluss als Bürgermeister und potenzieller Kandidat ein, um in Daniella Grossvogels Seminar zu platzen. Ihren Unterrichtsplan hatte er vom Institutssekretariat. Mata Hari, murmelte er vor sich hin und setzte sich. Sie war über dreißig, eine kleine Frau mit einem kleinen Buckel ... und einem reizenden Gesicht. Daniellas Studenten erkannten Sidel und die Glock, die er bei sich hatte. Daniella musste ihre Vorlesung unterbrechen und die Studenten zur Ruhe rufen. Sie sprach über einen *anderen* Isaac, einen Schreiberling namens Isaac Babel, und das Maldavanka-Viertel in Odessa, wo Babels Held Benya Krik geboren war. Isaac begann zu weinen. Seine eigene Liebste, Margaret Tolstoi alias Anastasia, hatte einen Teil ihrer Kindheit in Odessa verbracht. Während des zweiten Weltkriegs hatte sie wie eine Kannibalin gelebt, hatte das Fleisch kleiner Jungs aus der örtlichen Irrenanstalt verschlungen, um nicht zu verhungern.

»In der Maldavanka war einfach alles möglich«, sagte Daniella Grossvogel. »Babel benutzte dieses Viertel als seine persönliche Laterna magica … um Benya Krik zu erfinden, einen äußerst unwahrscheinlichen Gangster in orangefarbenen Hosen.«

Sie verlor den Faden, starrte Isaac an und entließ ihre Studenten. Isaac schlurfte wie ein reuiger Sünder zu ihr hin. Sie war keine Mata Hari. Herm hatte recht gehabt.

»Sie sind genau wie mein Vater«, sagte sie. »Ein Polizist, der meint, er kann überall hingehen und darf jeden Raum betreten.«

»Professor Grossvogel, ich …«

»Wir wollten heiraten. Eine Bucklige wie ich, eine ausgemachte alte Jungfer. Aber wir waren ein Liebespaar. Lachen Sie etwa, Mr. Mayor?«

»Nein, nein. Ich kann Ihre Trauer absolut nachempfinden. Ich wollte nicht unterbrechen. Aber …«

»Ich hatte nicht mal richtig Zeit zum Trauern. Das Sommersemester ist so kurz.«

»Aber wie ist es passiert? Wie konnte es so weit kommen, dass Captain Knight keine andere Möglichkeit mehr gesehen hat, als seinen eigenen Sohn umzubringen?«

»Haben Sie nicht mit meinem Dad gesprochen?«

»Ich konnte nicht. Selbst von Ihnen habe ich ja erst vor kurzem erfahren. Aber wozu brauchte der junge Doug Geld? Er hat seine Mom bestohlen, hat sie geschlagen. Was ging in der Elizabeth Street vor?«

»Fragen Sie meinen Vater.«

»Bitte«, sagte Isaac. »Ich frage Sie.«

»Habgier«, sagte Daniella. »Mein Vater leitet das Revier, als wäre es seine eigene kleine Firma. Ich habe Doug angefleht, sich versetzen zu lassen, auszusteigen, aber er wurde immer tiefer in die Geschäfte der Elizabeth Street verstrickt.«

»Hatte er deswegen Streit mit seinem alten Herrn?«

»Ich weiß nicht genau, aber sein Vater hat mit meinem Vater geredet… eine Besprechung zwischen Captains. Es wurde reichlich gebrüllt dabei.«

»Das hat Ihnen der junge Doug erzählt?«

»Er musste es mir nicht erzählen. Ich war dort… wegen meines Ehrenamts. Ich habe einer Menge Polizisten geholfen, besser zu schreiben, habe sie auf den Test zum Sergeant vorbereitet. So habe ich auch Doug kennengelernt. Ich war immer ein Groupie in den verschiedenen Revieren meines Vaters. Das hässliche Entlein des Captains. Ich habe Doug gecoacht. Wir haben uns verliebt…«

»Danke, Professor Grossvogel.«

»Ich bin keine Professorin. Ich habe meine Promotion nicht abgeschlossen. Ich arbeite über Isaac Babel, ein Vergleich mit Hemingway. Beide waren unglaublich gute Stilisten, finden Sie nicht auch? ›Ein Punkt an der richtigen Stelle ist wie ein Hammer im Herzen.‹ Das hat Babel gesagt.«

Sie schluchzte, und Isaac nahm sie in die Arme, wiegte sie sanft und küsste ihre Stirn.

Von einem Münztelefon auf dem Flur rief er Tim Seligman an.

»Hallo, Tim. Halten Sie die Stellung. Ich habe nur noch eine Sache zu erledigen.«

»Isaac, kommen Sie nach Hause. Die Jungs aus dem Süden rebellieren. Wir kriegen den Parteitag nicht unter Dach und Fach. Die werden beim ersten Wahlgang bei ihren Lieblingen bleiben. Und J. Michael wird dastehen wie ein Idiot.«

»Und warum garantieren Sie ihnen dann nicht einfach, dass J. sich einen anderen Vizepräsidenten aussuchen wird, dass sie sich nicht mit einem Jidden auf der Kandidatenliste abfinden müssen?«

»Wir kapitulieren nicht«, sagte Tim. »Der Parteitag wird J. als Memme beschimpfen. Wenn er jetzt schon schwach erscheint, was passiert dann erst im November? Ich brauche Sie hier, um Texas, Georgia und Mississippi zu bezirzen.«

»Nur noch eine Sache, Tim.«

Isaac legte auf und düste hinunter zur Elizabeth Street. Alles verstummte, als er die Wache betrat. Er hätte der Sensenmann sein können, ein wanderndes Skelett mit einer Glock in der Hose. Niemand grüßte ihn, weder die jungen Cops noch die Prostituierten, die die Cops hereinbrachten. Schließlich sagte der wachhabende Sergeant zu ihm: »Mr. Mayor, diese Pistole da werden Sie aber hier parken müssen.«

»Ich habe einen Waffenschein, ich darf sie bei mir führen«, antwortete Isaac, bockig wie ein kleiner Junge.

»Aber Sie sind kein Cop, und Sie können in diesem Gebäude keine Waffe tragen.«

Isaac deponierte seine Glock bei dem Diensthabenden. »Ich möchte den Captain sprechen. Es handelt sich um einen Höflichkeitsbesuch. Rufen Sie ihn für mich an, bitteschön.«

Der Sergeant telefonierte nach oben. »Captain, der Bürgermeister ist hier… ja, Sir. Das werde ich.« Er lächelte, den Hörer noch in der Hand. »Sie werden warten müssen. Der Captain ist gerade sehr beschäftigt.«

Isaac hätte dem Sergeant die Nase verdrehen und an ihm vorbei nach oben stürzen können, aber er wollte nicht gegen ein ganzes Revier kämpfen. Detectives starrten ihn an, standen in Grüppchen zusammen. Und dann erschien Captain Grossvogel am oberen Ende der Treppe, eine Glock in einem Holster an der Brust, und winkte Isaac zu. Er war ein gewaltiger Mann, Ringkämpfer auf dem College und Champion des NYPD im Gewichtheben. Isaac konnte ihn sich nicht recht vorstellen mit einer buckligen Tochter.

»Schön, Sie zu sehen, Mr. Mayor. Kommen Sie doch rauf.«

Isaac setzte einen Fuß auf die Treppe, doch Grossvogels Detectives standen ihm im Weg. Der Bürgermeister musste um sie herumgehen.

Der Tag der Abrechnung wird kommen, Jungs, brummte er vor sich hin. 'Ne ganze Menge Leute in der Elizabeth Street kriegen noch ein paar ordentliche Tritte in den Hintern.

Er folgte Grossvogel in dessen Büro, sah die Trophäen des Captains.

»Ich war an der NYU, Bart.«

»Ach, tatsächlich?«, sagte Grossvogel.

»Ich war in einer Vorlesung deiner Tochter – sie hat Talent, richtiges Talent.«

»Für Literatur, meinen Sie wohl. Sie hat die Nase dauernd in irgendwelchen Büchern stecken.«

»Warum hast du ihr den Ehemann genommen?«

Die Nackenmuskulatur des Captains begann zu zucken. »Isaac«, sagte er, »passen Sie auf, was Sie sagen. Sie betreten unbekanntes Terrain.«

»Wie zum Beispiel dein Revier, Bart?«

Das Zucken hörte auf, und Isaac verstand die Verachtung, die diese Detectives auf der Treppe für ihn empfanden. Die

Elizabeth Street war Wilder Westen, außerhalb von Isaacs Einflussbereich. Grossvogel war ein beschützter Mann. War er irgendeinem Scheiß-Präsidentenkomitee zugeordnet? Oder tanzte er mit dem FBI?

»Du bist der reinste Engel, was, Bart? Worum ging's bei deinem Streit mit Doug Senior? Komm schon, Daniella hat mir erzählt, dass er auf dem Revier war.«

»Wir hatten ein Schwätzchen. Genau wie Sie und ich jetzt.«

»Ist er hinter deine krummen Geschäfte gekommen, Bart? Hat er gedroht, dich auffliegen zu lassen? Und du hast ihm den jungen Doug hinterhergeschickt, damit der seinen eigenen Dad zur Besinnung bringt. Hat Junior dir Geld geschuldet? Hast du ihm was angehängt, bei einem Undercovereinsatz gegen illegales Glücksspiel vielleicht?«

»Euer Ehren, Sie leiden unter Wahnvorstellungen. Sie sind ja völlig außer Rand und Band.«

»Warst du damit einverstanden, ihm zu einem gewissen Preis deine Tochter zu verkaufen?«

Grossvogel griff über seinen Schreibtisch und Isaac an dessen Sommeranzug. Citizen Sidel trug helle Farben während einer Hitzewelle, Farben aus Mailand. Er musste endlich aufhören, sich wie ein Penner zu kleiden.

»Euer Ehren, wollen Sie damit sagen, dass ich ein Zuhälter bin?«

»Schlimmer noch«, sagte Isaac, Grossvogels Wurstfinger an seiner Kehle.

»Hauen Sie ab, sonst reiße ich Ihnen den Schädel vom Hals und trage ihn in meiner Tasche durch die Gegend.«

»Du hast den Jungen verrückt gemacht, hast ihn losgeschickt, seinen alten Herrn umzubringen ...«

»Fantasieren Sie ruhig weiter. Spielen Sie Sherlock Holmes. Ist mir so was von scheißegal.«
»Das wird sich ändern, Bart. Das wird es. Wer immer dein Rabbi ist, ich finde ihn.«
»Klar, Vicepresident Sidel.«

Er war unvorsichtig auf seinem Weg Richtung Uptown. Er landete in einem menschenleeren Teil der Crosby Street. Wie ein fetter, träger Hai tauchte eine blaue Limousine auf. Irgendwo in seinem Hinterkopf hörte er den Motor des Hais. Aber er konnte nicht aufhören, über Doug und Doug Junior zu fantasieren. Er versuchte, einen Mord zu choreografieren.

Die blaue Limousine kam genau auf Isaac zugerast, und jemand warf sich auf ihn, riss Isaac von den Füßen, schleuderte ihn auf seinen Hintern... und weg von dem verdammten Auto. Isaac stöhnte. Es war sein Secret-Service-Mann, Martin Boyle.

»Boyle«, sagte Isaac, »bist du mir die ganze Zeit gefolgt? Das solltest du doch nicht tun.«
»Ich habe meine Befehle, Mr. President.«

Aus dem Wagen sprangen, mit Schrotflinten in den Händen, drei Männer mit Masken aus Kissenbezügen wie vom Ku Klux Klan. Isaac stöhnte wieder. Er mochte Boyle. Er wollte nicht, dass sein Secret-Service-Mann durch Schrotschüsse umgelegt wurde, während er Citizen Sidel schützte. Isaac stand auf und stellte sich vor Boyle.

»Sir«, sagte Boyle, »das können Sie nicht tun.«
»Ich tu's aber trotzdem.«

Isaac zog seine Glock und ballerte in den Kofferraum der Limousine. Es gab einen sagenhaften Knall auf der ausgestorbenen Straße. Die Männer mit den Kissenbezugmasken

Grossvogel lächelte. »Nein, nicht ganz so drastisch. Sie versprechen, mich in Ruhe zu lassen und meinen Laden nicht weiter zu stören.«

»Während du die Elizabeth Street nach deinem eigenen Gesetz des Dschungels leitest, oder was?«

»Die Statistik stützt Ihre kleine Theorie nicht. Mord und Körperverletzung sind in meinem Bezirk um siebzehn Prozent zurückgegangen.«

»Das liegt daran, dass so ein Scheißprinz der Dunkelheit, wie du einer bist, die eigene Statistik natürlich mächtig frisieren kann.«

»Passen Sie auf, was Sie sagen, Mr. Mayor.«

»Warum trägst du weiße Handschuhe?«

»Wussten Sie das nicht? Ich gehöre auf dem Parteitag zur Ehrengarde. Gefallen Ihnen meine Auszeichnungen, Mr. Mayor?«

»Du wirst von jemandem geschützt, stimmt's? Deckt Bull Latham deinen Arsch? Oder gehörst du zum Weißen Haus?«

»Ein einfacher Captain wie ich? Werden Sie kooperieren? Ohne das kleine Mädchen wird es keine Antrittsreden geben. Der Parteitag wird im Dämmerzustand versinken. Die Delegierten werden für immer und ewig in Manhattan bleiben müssen.«

»Das wäre gut fürs Geschäft«, sagte Isaac. »Ist sie denn in Sicherheit?«

»Die süße kleine Tochter? Wie soll ich Ihnen das garantieren?«

Isaac stürmte im Dunkeln auf Grossvogel los, aber der Captain tänzelte um ihn herum und verpasste ihm einen Schlag auf die Nase. Der Bürgermeister knallte auf den Hintern. Wieder träumte er von dem augenlosen Seemann. Doch der

Seemann hatte seine Harpune verloren. Sein Schiff sank. Isaac öffnete die Augen und schaute zu Boyle auf.

»Sie bluten, Sir.«

»Natürlich blute ich. Hast du gesehen, was der für Pranken hat? Er ist ein Gewichtheber.«

»Sollten wir nicht besser in die Mansion zurück, damit Sie sich sauber machen können?«

»Dazu haben wir keine Zeit. Warum hast du mir nicht gesagt, dass du Barton Grossvogel kennst?«

»Ich bin kein Gedankenleser, Sir. Wir haben nie über Captain Bart gesprochen.«

»Nennt der Prez ihn so?«

»Weiß nicht genau.«

»Boyle, hat der Prez dich gebeten, mich zu bespitzeln?«

»Das wäre unmoralisch, Sir. Ich werde bezahlt, um Ihr Leben zu schützen.«

Isaac rappelte sich aus dem Gras des Carl Schurz Park auf. Er humpelte ein wenig. Er musste sich auf Martin Boyle stützen.

An der East End Avenue rief er ein Taxi.

»Wo soll's hingehen, Sir?«

»Zum Garden.«

»Vor Tagesanbruch?«

»Tim Seligman schläft niemals«, sagte Isaac.

Sie erreichten den Madison Square Garden, wurden durch die Tore geschleust. Isaac humpelte immer noch. Polizisten salutierten ihm.

»Ich bin kein General«, knurrte Isaac.

Er fand Tim Seligman in seinem winzigen Cockpit unter den Rohren der Klimaanlage, von wo aus Tim den Parteitag orchestrieren und entscheidenden Delegierten Strafpredigten schienen jetzt verunsichert. Von allen Seiten kamen Leute gelaufen, angelockt durch den Lärm von Isaacs Glock.

»Kinder«, sagte Isaac zu den drei maskierten Männern, »ihr könnt jetzt zurück zur Elizabeth Street und eurem Herrn und Meister ausrichten, dass ihr den Citizen gesehen habt und dass der Citizen keine Angst hat.«

Die drei Männer kehrten zu ihrer Limousine zurück, brummten etwas vor sich hin und fuhren mit ihren Masken fort.

Sein italienischer Anzug war schmutzig. Seine Krawatte war zerrissen, als Boyle sich auf ihn geworfen hatte. Aber Isaac zog sich nicht um. Er traf im Madison Square Garden ein, mit hundert Kameras vor seiner Nase, Boyle, der Citizen Sidel bereits fest zugewiesen worden war, immer einen halben Schritt vor ihm. Reporter brüllten Isaac an.

»Mr. Mayor, Mr. Mayor, war das ein Mordanschlag?«

Die riesigen Fernsehschirme im Garden zeigten bereits Bilder von Isaac. Kommentatoren interviewten Augenzeugen der Schießerei in der Crosby Street.

»Ich konnte es einfach nicht glauben«, sagte eine Frau. »Drei Männer wollten unseren Bürgermeister umbringen. Sie waren maskiert. Sie wollten Isaac abschlachten. Aber er ist kein Anfänger. Er hat seine Kanone gezogen und …«

Tim Seligman packte ihn am Arm, entführte Isaac, verfrachtete ihn in sein eigenes Funktionärshauptquartier unter den Abzugsrohren der Klimaanlage.

»Sehen Sie sich bloß an«, sagte der Prinz der Partei, der als Jagdflieger in Vietnam gewesen war. »Uns fliegt hier die Kacke um die Ohren, und Michaels Ko-Kandidat kehrt in Lumpen zu uns zurück. Wir könnten die Nominierung in einer einzigen beschissenen Nanosekunde verlieren. So schnell ändert sich das Wetter.«

»Was kann ich tun, Tim?«

»Tanzen. Ein guter Gastgeber sein. Mit den Delegierten reden. Ihnen zeigen, dass Sie ein ganz normaler Typ sind.«

»Ein ganz normaler Typ?«, sagte Isaac. »Manhattan bringt keine ganz normalen Typen hervor.«

»Dann tun Sie ein bisschen so als ob, Euer Ehren.«

»Timmy«, sagte Isaac, »das kann ich nicht. Einer meiner Polizisten sitzt in einer dunklen Zelle. Er hat seinen eigenen Sohn umgebracht. Ein anderer Polizist hat ihn dazu getrieben. Barton Grossvogel, Captain des Vierten Reviers. Das ist die reinste Verbrecherschule, Tim. Aber irgendeine Superbehörde schützt diesen Grossvogel.«

»Wir werden seine Verbrecherschule zumachen. Aber nicht heute. Ziehen Sie sich einen sauberen Anzug an.«

»Nein«, sagte Isaac.

»Es wird unglaublich eng für uns. Falls Mississippi und Texas J. im ersten Wahlgang hängen lassen, verlieren wir an Schwung.«

»Und wieso taucht J. dann nicht selbst auf und schüttelt ein paar Hände?«

»Schlechte Strategie. Das würde aussehen, als ginge er auf Stimmenfang. Er kann nicht auftreten, bevor er nicht die Nominierung im Sack hat.«

»Aber ich kann auf Stimmenfang gehen«, sagte Isaac. »Ich kann betteln.«

»Das ist vollkommen normal. Sie sind sein Ko-Kandidat.«

Und sie traten hinaus in den tobenden Sturm auf dem Parkett des Parteitags. Über Isaacs Kopf schwebten riesige Ballons in Form eines Esels, des Maskottchens der Demokraten.

Er war nicht für die Politik gemacht. Er konnte nicht tanzen, er konnte keine Delegierten überzeugen.

Die Hälfte der Delegierten aus Mississippi durchquerte mit großen Schritten den Saal, um *ihren* Vizepräsidenten zu begrüßen. Sie hatten Sidel auf den riesigen Bildschirmen gesehen, wollten mit ihm über die Schießerei in der Crosby Street reden. Eine kleine Geschichte begann, wie ein Bumerang von den Wänden des Garden zurückzuprallen. Isaac Sidel, der Lieblingssohn Manhattans, hatte den Parteitag verlassen, um einen Polizisten in Not aufzusuchen. Ein krimineller Captain, Isaacs geheimnisvoller Feind, hatte versucht, ihn irgendwo in Lower Manhattan auszuschalten. Der Secret Service hatte geholfen, Citizen Sidel zu retten. Es war ein amerikanisches Märchen, und Isaac war einer von den indianischen Kriegern. Er hätte ein Ureinwohner von Texas oder Louisiana und Mississippi sein können.

»Euer Ehren«, sagten die Leute aus Mississippi und starrten auf die zerrissene Krawatte des indianischen Kriegers. »Ist mit Ihnen alles in Ordnung?«

»Fit wie ein Esel«, sagte Isaac, und die Leute aus Mississippi lachten.

Reporter umkreisten ihn, Mikrofone in den Händen.

»Mr. Sidel, Mr. Sidel, tobt etwa ein Krieg innerhalb Ihres Polizeiapparats?«

»Nicht, dass ich wüsste«, sagte Isaac. Er konnte ja schlecht ein ganzes Revier beschuldigen. Der Parteitag würde in Panik geraten, die Flucht in eine andere Stadt ergreifen. Er konnte nichts anderes tun, als vor den Kameras und Mikrofonen zu lächeln. »Ein kleines Gerangel mit den bösen Jungs, mehr nicht.«

»Aber wer sind die Bösen?«

»Ich bin kein Cop«, sagte Isaac. »Sie werden doch nicht wollen, dass ich Einfluss auf eine polizeiliche Ermittlung nehme.«

Früher oder später würde Grossvogel sich selbst vernichten, wie ein muskelbepacktes Spielzeug. Seine Rabbis würden ihn schon sehr bald fallen lassen. Sie konnten es sich nicht leisten, dass Citizen Sidel im landesweit ausgestrahlten Fernsehen herumschnüffelte.

»Ist Captain Knight unschuldig, Sir?«

»Jungs«, sagte er zu den Männern und Frauen mit den Mikrofonen, »noch ist nicht Anklage gegen ihn erhoben worden. Gebt ihm eine Chance.«

Und er entfernte sich von den Reportern. Er würde nie verstehen, was wirklich zwischen Vater und Sohn vorgefallen war. Selbst wenn er mit seiner eigenen Fernsehkamera dabei gewesen wäre, hätte er doch nichts aufgenommen. Ein Familienkrieg war ganz einfach zu intim für den Videobeweis. Wie ein Hammer ins Herz. So konnte er nur noch trauern um den jungen Doug *und* um seinen Dad.

Ein riesiger, ausschlagender Esel flammte auf der elektronischen Anzeigetafel unter der Kuppel des Madison Square Garden auf. Die Beine des Esels waren einfach überall. Zerschmetterten Republikaner, dachte Isaac. Der Esel verschwand… und einzelne Bestandteile eines Gesichts tauchten auf der Tafel auf. Eine Wange, ein Mund, ein Auge, bis die Delegierten die Umrisse von Isaac Sidel erkannten. Mit einer Glock in der Hand. Der Garden begann zu jubeln. Es entstand ein fröhlich-vergnügtes Chaos. Die Demokraten hatten auf den harten Straßen Manhattans ihren Helden gefunden. Die Abstimmungen konnten beginnen.

2

Er durfte nicht mal seine eigene Antrittsrede schreiben. Isaac wollte über Armut und Drogen sprechen und über den sterbenden Borough der Bronx. Doch Tim verbot es ihm.

»Wir müssen einen Kandidaten verkaufen. Sie sind eine bekannte Größe, der Bürgermeister von New York. Aber Michael ist immer noch außen vor.«

Im Gegensatz zu Isaac trug der neue Baseballzar keine Glock in der Hose.

»Junge«, sagte Tim, »Sie werden den Rücksitz übernehmen. Wir müssen Michael striegeln, ihm eine Menge Federn ankleben. Sie werden deshalb über Michael reden, nicht über sich selbst und die Probleme der Stadt.«

»Jesus, Tim, haben wir etwa keine Tribüne?«

»Nicht zur besten Sendezeit«, sagte Tim Seligman. »Keine großen Ideen, Isaac. Nur Geschichten. Sie werden sich in Erinnerungen ergehen, Amerika daran erinnern, wie Sie J. zu dem Mann gemacht haben, der er heute ist.«

»Ich habe ihn nicht zum Mann gemacht. Ich habe ihn vor dem Knast bewahrt, als er noch ein radikaler Student war.«

»Aber Sie werden den Schock etwas abmildern. Die halbe Welt hat achtundsechzig rebelliert. Sie werden nicht erwähnen, dass Michael Maoist war. Er hat sich auf der Columbia für die Rechte der Studenten eingesetzt, gegen eine unangemessen strenge Verwaltung. Er ist ein Macher. Er steht nicht still.«

»Ich soll ein Porträt von ihm liefern, was?«

»Genau. Sie haben's erfasst. Ein Porträt, Isaac, mit einer Menge weißer Flecken. Wir appellieren an Amerikas Vorstellungskraft.«

»Ich soll Michael erschaffen, ihn aus Zuckerwatte spinnen.«

»Isaac, was immer wir tun, wir sorgen dafür, dass es süß schmeckt.«

Isaac hätte Tim am liebsten erwürgt oder ihm das Hirn weggepustet. Schon jetzt hatte er es satt, ein Demokrat zu sein, den Nominierungsparteitag in *seine* Stadt gelockt zu haben.

Er könnte zurücktreten, sämtliche Delegierten rausschmeißen, aber seine eigenen Leute würden ihn dann für ein großes Baby halten. Welches Recht hatte er, zu heulen? Es gab nicht ein freies Zimmer in Manhattan. Die Dems hatten eine Woche Wohlstand gebracht. Doch die Worte von Tim Seligmans Redenschreibern brachte er nicht über seine Lippen. »Unser zukünftiger Präsident ist ein Familienmensch.«

J.s Frau Clarice hatte ein Verhältnis mit Bernardo Dublin, einem von Isaacs Detectives. Und wer wusste schon, wie viele Geliebte J. hatte? Er und Clarice hatten einen Plan ausgeheckt, mit einem Immobilienschwindel Millionen aus der Bronx zu ziehen. Und der Bürgermeister musste den Mund halten, konnte das Schlachtross der Partei nicht anklagen. Aber wie sollte Isaac das Liedchen der Demokraten singen? »Er ist so amerikanisch wie Baseball und fast genauso tough. J. Michael Storm.«

J. hatte versucht, Clarice umbringen zu lassen, um selbst die Versicherungsprämie einstreichen zu können. Er hatte Bernardo Dublin engagiert, der Isaacs Detective und gleichzeitig ein Schlägertyp war. Aber es war wie bei Shakespeare in Isaacs Manhattan. Bernardo und Clarice verliebten sich ineinander. Und Clarice würde nur dann Michaels First Lady werden, wenn sie Bernardo als persönlichen Leibwächter mit ins Weiße Haus nehmen konnte. Es war eine beschissene Sitcom, eine Seifenoper für Vollidioten, und Isaac musste dabei mitspielen.

Nach seiner ernsten Unterhaltung mit Tim kehrte er in die Gracie Mansion zurück. Er musste fort vom Parkett des Parteitags. Delegierte rissen Fetzen aus seinem Hemd. Er traf sich eine halbe Stunde lang mit Mississippi. Die ganze Delegation wollte Isaacs Glock anfassen.

Aber er war nicht allein in seiner Villa. Marianna Storm, Michaels Tochter, backte Kekse in der Küche.

»Marianna, solltest du nicht bei deiner Mom und deinem Dad sein?«

»Und eine Million Fotografen anlächeln? Lieber verstecke ich mich bei dir.«

»Aber das ist Politik. Die Dems werden mich bei lebendigem Leib auffressen, wenn sie das jemals herausfinden.«

»Wir werden's ihnen einfach nicht verraten, Mr. Mayor, hm?« Und sie fing an, ihn mit Karamellkeksen zu füttern. Die ganze bittere Schlacke des Parteitags fiel schon mit dem ersten Bissen von ihm ab. Für einen von Mariannas Keksen würde er töten. Er hätte sie sofort als seine Köchin eingestellt, aber nicht einmal Isaac konnte Marianna eine Arbeitserlaubnis beschaffen. Sie war erst zwölf.

Seligman baute auf ihre grünäugige Schönheit, um die Kälte zwischen Clarice und J. zu kaschieren. Bilder von Marianna begannen die landesweiten Fernsehsender und Illustrierten Amerikas zu überschwemmen. *Newsweek* nannte sie die fotogenste kleine Lady auf dem Planeten. Wenn sie auf die Straße ging, wurde sie von Männern wie Frauen gleichermaßen angeglotzt. Und deshalb versteckte sie sich in der Gracie Mansion bei Isaac Sidel.

»Liebling«, flirtete sie mit dem Bürgermeister und nahm ihn gleichzeitig ein wenig auf den Arm. »Ich habe deine Rede gelesen ... die ist sauschlecht.«

»Ich weiß, dass sie sauschlecht ist. Seligman hat sie mir aufgedrückt.«

»Du kannst nicht all diese Sachen über meinen Vater sagen. Das sind alles Lügen.«

»Aber ich habe keine andere Wahl. Die werden mich sonst kreuzigen.«

»Isaac«, sagte sie, »sei ein Mann. Du bist der Bürgermeister. Und der zukünftige Vizepräsident. Du musst nicht die Krümel von Tim Seligmans Teller essen. Ich werde dir helfen, die Rede umzuschreiben.«

»Ich habe Angst«, sagte Isaac. »Mit Gangstern und Bullen komme ich klar, nicht aber mit solchen Haien wie Tim.«

»Den wirst du in eine Miezekatze verwandeln. Das verspreche ich dir. Gib mir einfach einen Bleistift.«

Sie hatte mehr Verstand als Isaac und konnte besser schreiben. Sie fing an, die Ränder vollzukritzeln, jede zweite Zeile zu streichen, während Isaac Unmengen an Karamellkeksen verschlang.

»Ich bin müde«, sagte sie nach einer Stunde.

Isaac blaffte seinen Chauffeur herbei. »Mullins, komm her.«

»Chef, soll ich die kleine Lady fahren?«

»Ich bin keine kleine Lady«, sagte Marianna. »Und ich werde auf keinen Fall bei Mama im Weißen Haus leben.« Sie küsste Isaac auf den Mund. »Ich hoffe, deine Rede gefällt dir.«

Seine Hände zitterten. Er konnte die Seiten seiner Rede kaum halten. Marianna hätte ihn mit ihren Keksen niemals vergiftet, aber er hatte Bauchschmerzen und er wurde blind. Er konnte nicht ein Wort von dem lesen, was Marianna geschrieben hatte. Alle Zeilen hatten sich verflüssigt.

Er schlief auf seinem Stuhl ein. Er träumte von einem Seemann auf einem Schiff. Doch das Schiff regte sich nicht. Der Seemann hielt eine rote Harpune umklammert. Er hatte keine Augen. Er trug einen Helm mit einer seltsamen Antenne oben drauf, die an die Blätter einer verrosteten Blume erinnerte. Die Fische, die er attackierte, hatten orangefarbene Mäuler und Farbflecken wie Patchwork-Bettdecken. Sie waren in irgendeinem Muster gefangen, ebenso reglos wie der augenlose Seemann und sein Schiff. Isaac war im Schlaf ein Genie geworden, konnte Bilder ans Licht holen, Gemälde an eine Wand träumen, ein Meisterwerk. Ach, wenn man nur in solcher Vollkommenheit sterben könnte.

Doch er hörte ein grausames Klingeln, und er musste sich aufrappeln. Er hielt ein Telefon in der Faust umklammert.

»Isaac?«

Er erkannte Clarices Stimme. Er würde sich daran gewöhnen müssen, mit Michaels First Lady Wahlkampf zu machen.

»Was ist los?«

»Marianna ist verschwunden.«

»Was zum Teufel meinst du damit? Ich habe sie mit Mullins nach Hause geschickt.«

»Sie war bei dir?«

»Das ist kein Geheimnis. Sie kann kommen und gehen, wann immer sie will, und tun und lassen, was immer sie will. Sie backt gern Kekse.«

»Nach Mitternacht?«

»Es war noch nicht mal Essenszeit … Sie hätte lange vor Einbruch der Dunkelheit am Sutton Place sein müssen.«

»Dann bist du ein Idiot. Sie ist nie am Sutton Place angekommen. Finde meine Tochter, sonst reiße ich dir die Zähne einzeln raus«, sagte sie, als wäre sie Sidel.

Big Guy war reingelegt worden, überlistet von seinem eigenen Traum. Der augenlose Seemann war Sidel selbst, der mit einer roten Harpune im Dunkeln jagte. Er piepte seinen Chauffeur an. Doch Mullins rief nicht zurück. Und Isaac hatte keinen Schimmer, wo er nach Marianna Storm suchen sollte. Er blinzelte. Jemand saß ihm in seinem eigenen Wohnzimmer gegenüber. Big Guy stöhnte. Es war Martin Boyle.

»Wer hat dich reingelassen? Dieses Haus ist eine Festung. Ich werde rund um die Uhr beschützt.«

»Mr. President«, sagte Boyle, der einen Ring mit Dietrichen umklammerte. »Ich war auf der Einbrecher-Schule.«

»Ich hab's dir doch schon eine Million Mal gesagt. Nenn mich nicht Mr. President.«

»Entschuldigung, Sir. Aber Fakten bleiben Fakten. Die Republikaner haben Angst vor Ihnen, nicht vor J. Michael Storm. Über den werden sie einfach hinwegrollen. Aber Sie sind eine Mauer.«

»Du hast mir immer noch nicht gesagt, was zum Teufel du hier zu suchen hast. Darf ich nicht auch mal ein bisschen Privatleben haben?«

»Nicht, wenn Sie für die Demokraten kandidieren. Ich esse mit Ihnen, ich schlafe mit Ihnen. Nennen Sie mich einfach Crazy Glue.«

»Das ist meine Belohnung«, sagte Isaac. »*Crazy Glue*. Marianna Storm ist verschwunden.«

»Dessen bin ich mir bewusst, Sir. Sie ist genauso ungezogen wie Sie. Sie hat Joe abgeschüttelt, ist einfach vom Radar verschwunden.«

»Wer ist Joe?«

»Einer von uns, Sir.«

»Marianna hat einen eigenen Secret-Service-Mann?«

»Das ist Vorschrift, Sir.«

»Aber, um Himmels willen, sie ist doch erst zwölf Jahre alt. Ein kleines Mädchen.«

»Trotzdem. Sie ist immer noch die Tochter eines möglichen zukünftigen Präsidenten.«

»Wer hat sie entführt? Arafat? Die Kolumbianer? Fidel?«

»Ich würde näher an zu Hause anfangen. Nicht mal das Nationalkomitee der Republikaner würde ich ausschließen oder die Demokraten selbst. Die stacheln sich immer gern gegenseitig an. Warum sich nicht Michaels Tochter schnappen? Damit kann man den Peinlichkeitsfaktor ganz schön in die Höhe treiben … für beide Parteien.«

»Dreckskerl«, sagte Isaac.

»Ich kann mich auch irren. Sie haben viele Feinde, Mr. President.«

»Wir können hier nicht untätig rumsitzen, Boyle. Wer hilft uns, das Problem zu lösen?«

»Wir brauchen keine Hilfe. Sie haben genügend Macht und Einfluss. Citizen Sidel kann ans Telefon kriegen, wen immer er will. Sollen wir es mit dem Bureau versuchen?«

»Das Bureau kann mich auf den Tod nicht ausstehen. Ich bin in ihre Geheimagentin verliebt, Margaret Tolstoi.«

»Die ist süß. Sie rennt mit einer Perücke in Washington herum.«

»Du kennst Margaret?«

»Ich hab mal im Weißen Haus Kaffee mit ihr getrunken. Sie kam in Begleitung eines ausländischen Gentleman. Er hatte eine Menge Orden an der Brust.«

»Margaret besucht das Weiße Haus?«

»Der Prez gibt wahnsinnig gern Soireen.«

»Ist sie jemals mit Bull dort gewesen?«

»Nein, Sir. Der Prez verkehrt nicht gern gesellschaftlich mit Bull Latham.«

»Jammerschade. Latham kann in der Öffentlichkeit nicht mit seiner Meisterspionin gesehen werden.«

»Soll ich ihn für Sie ans Telefon holen, Sir?«

»Bull spricht nicht mit mir.«

»Wollen wir wetten? Sie sind die heißeste Nummer im ganzen Land.«

»Es ist drei Uhr morgens, Boyle.«

»Er wird rangehen.«

Boyle schnappte sich Isaacs Telefon, bekam die Zentrale des Bureau an die Strippe. »Bull Latham, bitte… Dann werden Sie ihn eben wecken müssen. Isaac Sidel will ihn sprechen.«

Boyle zwinkerte Isaac zu und reichte ihm den Hörer. Isaac zitterten die Knie. Bull Latham war Linebacker bei den Dallas Cowboys gewesen, bevor er Jura studierte und zum FBI gegangen war. Er saß nicht gern hinter dem Schreibtisch. Latham war immer bereit, mit seinen eigenen Männern an vorderster Front zu stehen. Er beteiligte sich höchstpersönlich an Faustkämpfen, schreckte auch vor Mafia-Häuptlingen nicht zurück. Er leitete das FBI wie eine Footballmannschaft.

»Mr. Director?«, flüsterte Isaac in die Leitung.

»Nennen Sie mich Bull… was kann ich für Sie tun, Sidel?«

Am liebsten hätte Isaac Margaret Tolstois Namen gesungen, doch das traute er sich nicht. Niemand stellte dem Linebacker Fragen, die sein Privatleben betrafen.

»Ich habe ein Problem, Bull ... J. Michaels Tochter wird vermisst.«

»Ist irgendwie einfach so verschwunden, nachdem sie Ihre Villa verlassen hat, stimmt's?«

»Ja, Bull. Und ich habe mich gefragt, ob ... «

»In einer halben Stunde kann ich sechzig Agenten vor Ihrer Tür stehen haben, Sidel, aber so viel Schlagkraft finden Sie bestimmt nicht gut. Und die Publicity können Sie sich nicht leisten ... nicht, bevor Sie und Michael Ihre Reden gehalten haben. Wie kann Michael vor der Convention sprechen, wenn sein kleiner Schatz nicht neben ihm steht? Ein ziemliches Dilemma, würden Sie doch auch sagen, Sidel, oder?«

»Wer hat mir Marianna weggenommen?«

»Wir jedenfalls nicht«, sagte Bull, »nicht das Bureau ... können wir von Polizist zu Polizist reden? Es ist eine lokale Angelegenheit, Sidel. Ihre eigenen Cops haben sich die kleine Marianna Storm geschnappt.«

»Das glaub ich einfach nicht.«

»Dann hab ich wohl versagt. Aber ich muss mich jetzt verabschieden. Ohne meinen Schönheitsschlaf läuft bei mir gar nichts.«

Big Guy tigerte in seinem eigenen Wohnzimmer hin und her. »Meine Cops arbeiten für das Republikanische Nationalkomitee?« Der Seemann mit der roten Harpune blitzte vor ihm auf. Aber Sidel machte kein Nickerchen im Stehen. Er hatte eine seiner Offenbarungen beim Deuten seiner eigenen Träume. Isaac erkannte den speziellen Fisch, den er harpunieren musste.

»Boyle, hol deinen Hut. Wir gehen wohin.«

»Ich habe doch überhaupt keinen Hut getragen, Sir.«

»Dann stell dir einen vor. Wir werden auf unsere Denkhauben angewiesen sein.«

Und die beiden hutlosen Hutträger schlichen sich mitten in der Nacht aus der Gracie Mansion.

Sonderlich weit kamen sie nicht. Ein Trupp Cops fing Isaac und seinen Secret-Service-Mann vor dem Tor ab. Bei ihnen war Barton Grossvogel, mit Trillerpfeife und weißen Handschuhen. Er war in seiner Paradeuniform zu Isaac gekommen, mit Fäusten so fett wie der Kopf eines Mannes.

»Mr. Mayor, kann ich ohne Ihren Schatten mit Ihnen reden?«

»Bart«, sagte Isaac, »darf ich dir Martin Boyle vorstellen.«

»Wir sind uns schon begegnet, Boyle, stimmt's?«

»Wo denn?«, fragte Isaac wie ein missmutiger kleiner Junge. Jeder schien mehr und besser über seine Angelegenheiten Bescheid zu wissen als Sidel selbst.

»Im Weißen Haus«, antwortete Grossvogel, »wo denn sonst? Begleiten Sie mich ein Stück, okay?« Er packte Isaac beim Arm und führte ihn in die Tiefen des Carl Schurz Park.

»Du hast dir Michaels Tochter geschnappt.«

»Hab ich nicht.«

»Aber du kannst mir sagen, wo sie ist.«

»Ich habe meine Spione, Isaac, genau wie Sie. Vielleicht könnte ich dieses kleine Mädchen nach Hause zurückholen.«

»Und was muss ich dafür tun, Bart? Dir auf der Parteitagsbühne den Arsch küssen?«

halten konnte. Das alles machte er über ein Funktelefon, dessen Headset er angelegt hatte. Boyle musste vor dem Cockpit warten. Es war gerade genug Platz für Isaac und Tim.

»Aha, dann sind Sie also wieder aufgetaucht«, murmelte Tim. »Ihr Mund ist blutig. Waschen Sie sich mal.«

»Nicht, solange Marianna weg ist.«

»Mein Gott, Mann, können Sie nicht mal aufhören, Detektiv zu spielen? Wir werden Marianna schon zurückbekommen. Wer zum Teufel sollte ihr was tun wollen? In vier Monaten regieren wir das Land.«

»Aber ohne mich«, sagte Isaac.

»Meine Lieblingsdiva«, sagte Tim und packte Isaac an der Krawatte. »Benehmen Sie sich. Sie sind ein Demokrat. Und Sie kandidieren. Sie können nicht mehr aussteigen.«

»Sie haben mir Margaret Tolstoi versprochen, wenn ich nach Washington gehe.«

»Sie werden Margaret schon bekommen«, sagte Tim. »Wir stehen bereits mit dem FBI in Verhandlungen.«

»Sie schläft mit dem Präsidenten. Und Bull Latham spielt den Ehemann.«

»Das ist grotesk.«

»Bull engagiert irgend so einen falschen General auf seiner Gehaltsliste, um sie ins Weiße Haus zu bringen. Aber den falschen Ehemann spielt er. Der Prez ist in Margaret verliebt, stimmt's? Darum geht es doch bei der kleinen Entführung, oder? Er will mich in meiner eigenen Stadt bloßstellen.«

Seligman setzte das Headset ab. »Es ist weitaus komplizierter.«

»Aber Sie stecken mit diesen Dreckskerlen unter einer Decke.«

»Tue ich nicht, nein. Die Republikaner sind verzweifelt. Also versuchen sie's mit einem kleinen Kriegsspiel.«

»Mit freundlicher Unterstützung meiner eigenen Polizei … Grossvogel hat Marianna geschnappt. Und er ist der Mann des Präsidenten.«

Seligman umklammerte Isaacs Krawatte fester. Und Isaac konnte ihn nicht wegschubsen. Der Bürgermeister war schon in Hunderte von Schlägereien verwickelt gewesen. Er hatte einem Mafioso das Ohr abgebissen, er hatte einen korrupten Polizisten getötet, aber Tim konnte er nicht abschütteln. Er versuchte, dem Prinzen der Partei einen Schlag zu verpassen, doch Seligman traf ihn seitlich am Kopf. Und zum zweiten Mal innerhalb einer Stunde saß Isaac auf seinem Hintern. Er kroch aus dem Cockpit, während Timmy an seinen Klamotten zerrte.

»Boyle«, brüllte er, »hol mir Bull Latham ans Telefon.«

»Sie können nicht mit Bull sprechen«, sagte Seligman, doch Isaac hatte die Tür zum Cockpit bereits geschlossen.

Sie erreichten ein Münztelefon. Es begann zu klingeln. Isaac nahm den Hörer ab und hörte, wie Bull Latham ihn anknurrte. »Sidel, sind Sie das?«

»Nein, hier spricht Sindbad der Seefahrer.«

»Wir treffen uns in einer halben Stunde.«

»Wie das denn, Bull? Soll ich vielleicht den Angels' Express nach D.C. nehmen?«

»Ich bin im Waldorf, Sidel. Ich kann die Demokraten ja wohl kaum mit einem Bürgermeister, der nicht mehr ganz dicht ist, in Manhattan allein lassen? Kommen Sie rauf in mein Zimmer. Wir frühstücken zusammen.«

3

Früher war es einmal die nobelste Adresse der Welt gewesen. Cole Porter hatte eine Suite im Waldorf bewohnt. Genau wie General MacArthur und John Fitzgerald Kennedy. Isaac erinnerte sich an einen Film, den er als kleiner Junge gesehen hatte, *Weekend im Waldorf.* Mit Lana Turner und Ginger Rogers. Es war das Jahr 1945, und Isaac marschierte von der Lower East Side in seinem Sonntagsanzug herauf, kam mit einem Lächeln am Portier vorbei, saß in einem Foyer groß wie ein Schlachtfeld, sinnierte zwischen den Spiegeln und Kronleuchtern, träumte von einer glänzenden Zukunft mit Ginger Rogers an seinem Arm. Isaacs Ginger war eine gewisse Margaret Tolstoi, eine rumänische Waise, die mit ihren Mandelaugen in seiner Junior Highschool aufgetaucht war. Sie nannte sich Anastasia, die verlorene Prinzessin mit Löchern in den Strümpfen, und seitdem war Isaac hinter ihr her.

Er hatte nicht die Absicht, noch einmal zu Boden gehen. Seligman und Grossvogel waren Kleinkinder im direkten Vergleich mit Bull, der gut zwei Meter groß war und es mit zehn Mafia-Häuptlingen gleichzeitig aufnehmen konnte. Doch er würde Bull reizen müssen. Isaac wollte Marianna und Margaret Tolstoi.

Bull Latham hatte im Waldorf keine Suite, sondern nur ein Zimmer mit zwei Fenstern, die hinausführten auf eine andere

Welt aus Fenstern, bekannt unter der Bezeichnung Midtown Manhattan, wo Isaac sich nur äußerst ungern aufhielt. Er verkroch sich in Harlem oder in den Ruinen der Lower East Side, verschlang gelben Reis und schwarze Bohnen in irgendeiner billigen Absteige. Doch hier war er nun, zusammen mit Bull Latham vom FBI im Waldorf Astoria.

Bull hatte den Frühstückstisch vorbereitet, Räucherlachs, dazu Kaffee und Gebäck aus der Küche des Waldorf. Er hatte blonde Haare und trug zum Frühstück einen Morgenmantel mit Paisleymuster. Für einen Linebacker wirkten seine Finger geradezu fragil. Er hatte nicht die fetten Fäuste von Captain Bart.

Sie saßen einander gegenüber. »Ist der Lachs in Ordnung, Sidel?«

»Köstlich«, nuschelte Isaac mit vollem Mund.

»Er wurde heute Morgen aus Nova Scotia eingeflogen.«

»Das Waldorf kann Ihnen nicht widerstehen«, sagte Isaac. »Sie haben für die Cowboys gespielt.«

»Sie machen sich Sorgen um Margaret Tolstoi.«

»Ich lasse mich nicht gern vom FBI aufs Kreuz legen. Sie sind ihr Scheingatte, Bull, stimmt doch, oder?«

»Wüssten Sie jemand Besseren?«, sagte Bull und versenkte die Zähne in seinem Plundergebäck.

»Wie ist es passiert?«

»Es war ein Zufall. Ein Versehen.«

»Sie ist einfach so ins Weiße Haus gewalzt, ja? Durch Zufall, aha.«

»Der Prez hat ihr Foto gesehen, und er ist total ausgeflippt, musste Margaret unbedingt kennenlernen.«

»War er gerade auf der Suche nach der besten Mata Hari des Bureau?«

»Ich musste ihm Margarets Foto zeigen … sie gehörte zu seiner Taskforce.«

»Was für eine Taskforce? Ich dachte, die existiert nur auf dem Papier, eine reine Phantomarmee.«

»Aber Phantome können sich bewegen.«

Der Prez hatte seinen eigenen, persönlichen Krieg gegen das Verbrechen erklärt. Damit stand und fiel der gesamte Wahlkampf für seine Wiederwahl. Eine Taskforce mit einem aberwitzigen Auftrag. Rottet das Verbrechen in Amerika aus, macht die Innenstädte wieder sicher. Und jetzt begriff Isaac auch, wo und wie Barton Grossvogel ins Bild passte. Die Mitglieder der Anti-Verbrechens-Truppe des Präsidenten benutzten die Elizabeth Street als ihr kleines Versuchslabor. Grossvogel war an Bord des Präsidentenschiffs gestiegen. Und sämtliche Piraten-Cops in seinem Revier waren auf einmal Pioniere im »großen Kampf des Prez um die Stadt«. Es machte Isaac ganz krank.

»Und wo war Margaret eingesetzt?«

»Downtown D.C.«

»Nur einen Katzensprung entfernt vom Weißen Haus … wird mir dieses Arschloch von Präsidenten Margaret je zurückgeben?«

»Lieber verliert er die Wahl.«

»Ich kann's ihm nicht verdenken«, sagte Isaac. »Der Mann ist verliebt. Aber Ihnen werfe ich es vor, Bull. Margaret gehörte mir, und Sie haben sie dem Prez zum Fraß vorgeworfen. Es war Timmys Idee, stimmt's? Verkuppel den Prez mit einer der staatlichen Huren, kompromittiere ihn, schneid ihm die Beine ab, während Tim mich weiter zappeln lässt. Isaac Sidel und der Prez, verliebt in ein und dieselbe Frau. Sie gehen doch davon aus, dass die Demokraten gewinnen, sonst wären Sie nie zu Tim Seligman ins Bettchen gestiegen.«

Bull verspeiste den Rest seines Plundergebäcks und lächelte. »Ich bin das FBI«, sagte er. »Ich kann es mir nicht leisten, mit Politikern ins Bett zu steigen.«

»Sie haben Ihren Deal gemacht, Bull. Timmy hat versprochen, Sie nach der Wahl in Amt und Würden zu behalten. Aber dann kriegen Sie es mit mir zu tun. Weil ich nämlich Tim bei der ersten sich bietenden Gelegenheit feuern werde. Ich werde ihn in die Ecke kicken wie eine Puppe. Da kann er dann bis in alle Ewigkeit hocken … wo ist Marianna Storm?«

»Nur die Ruhe. Tim wird sie in letzter Minute retten.«

»Was hat er Captain Bart versprochen? Wird er diesen Dieb zu Ihrem stellvertretenden Direktor machen? Ich will eine Liste von Barts sicheren Häusern, von sämtlichen miesen Löchern, in denen er Marianna untergebracht haben könnte.«

»Sidel, da können Sie die ganze Woche suchen. Bart ist kein Blödmann. Wenn Sie Marianna wollen, folgen Sie einfach Ihrer Nase.«

»Was zum Teufel soll das jetzt wieder heißen?«

»Ihre Nase, Sidel. Achten Sie auf Seligmans Gestank.«

4

Seligmans Gestank.

Isaac trug eine falsche Nase auf dem Parteitag, er sah aus wie Sherlock Holmes, der den Shylock spielte. Er hatte das Schildchen eines Delegierten aus Texas geklaut, es sich an die Brust geheftet, seine Augen unter dem Schirm einer Baseballmütze verborgen. Er beobachtete Tims Cockpit, aber Seligman rührte sich nicht.

Isaac wartete den ganzen Morgen. Schließlich ging das Cockpit auf, und Tim tauchte in einem Seersucker-Anzug und mit Strohhut auf, wie ein Trampel vom Land. Isaac begriff. Der Prinz der Partei hatte sich ebenfalls verkleidet.

»Timmy«, schnauzte einer seiner Assistenten, »ich finde den Citizen nirgends.«

»Sidel? Der hat sich in einen Geist verwandelt.«

»Aber wer wird dann seine Rede halten?«

»Ein anderer Geist.«

Seligman verließ den Garden mit seinem Strohhut, und der Geist, Isaac Sidel, rechnete damit, dass er von einer Limousine abgeholt wurde oder von einem von Grossvogels Streifen, um ihn in die Höhle der Kidnapper zu fahren. Doch Timmy marschierte Richtung Hudson River los, sang dabei leise vor sich hin. Isaac war nicht nahe genug, um die Melodie zu erkennen. Der Prinz der Partei hätte eigentlich Michaels Auftritt im

Garden choreografieren sollen, statt mit einem Strohhut in der Gegend herumzuspazieren.

Isaac beobachtete, wie Timmy in einem Hotel am Hafen verschwand. »Großartig«, murmelte Big Guy vor sich hin und vollführte mitten auf der Straße einen kleinen Freudentanz. Jetzt würde er Marianna zurückbekommen. Die Penner aus der Eleventh Avenue glaubten, er wäre durchgedreht, bis sie kapierten, dass er der Bürgermeister in einer seiner zahllosen Verkleidungen war.

»Isaac«, brüllten sie, »sprich mit uns.«

»Haltet euer Maul. Seht ihr denn nicht? Ich arbeite an einem Fall.«

Mit gezückter Glock stürmte er das Hotel. Der Mann hinter dem Empfangstresen machte sich in die Hose, als er den Hurrikan in Isaacs Augen erblickte.

»Wo ist das kleine Mädchen?«

»Mädchen?«

»Komm mir nicht dumm. Ich jag dein lausiges Hotel in die Luft. Wo ist die junge Dame?«

»In Zimmer Nummer neun.«

»Wie viele von den Wichsern bewachen sie?«

»Wichser?«, sagte der Angestellte. »Da ist nur ein Mann.«

»Ist er bewaffnet?«

»Ja.« Der Angestellte war immer noch beinahe hysterisch. »Nein … vielleicht.«

»Wenn ich auch nur einen einzigen Kratzer auf Mariannas Körper finde, nur einen, dann komm ich runter und fackel dir die Haare ab. Hast du mich verstanden? Wie heißt du?«

»Milton.«

Isaac riss die Drähte der uralten Telefonanlage des Hotels heraus. »Milton, was wirst du tun, während ich oben bin?«

»Beten«, sagte der Angestellte.

»Das genügt mir nicht. Du wirst unter deine Theke kriechen und dich dort verstecken. Verstanden?«

Milton verschwand unter seiner Theke, und Isaac marschierte nach oben zu Zimmer Nummer neun. Er klopfte nicht an. Er schenkte sich den Aufwand mit den Schlüsseln. Mit einem kräftigen Schulterstoß brach er die Tür auf. »Marianna«, schrie er dabei, »ich komme.«

Es war ein Zimmer mit einer ekelhaften, schmutzigen Tapete. Tim Seligman lag im Bett mit einem Mädchen aus der Delegation von Ohio, das Sidel an dem Tag geküsst hatte, als die Demokraten in die Stadt gekommen waren. Da war keine Marianna Storm. Der Prinz hatte sich eine Auszeit für eine kleine Romanze genommen. Isaac war versucht, seine falsche Nase abzusetzen, aber das Mädchen bei Tim hatte die gesamte Delegation aus Ohio in der Hand.

»Sie können meine Brieftasche haben«, sagte Tim.

»Das reicht nicht«, sagte Isaac. Er wollte Tim zu Tode erschrecken. »Bist du Seligman, der große Demokrat?«

»Ja, das bin ich.«

»Und deine Freundin hier, ist die auch Demokratin?«

»Sie ist nicht meine Freundin. Wir sind…«

»Ich hasse Demokraten.«

»Wer hat Sie geschickt?«, fragte Timmy.

»Der Wind, der Regen…«

Die Delegierte aus Ohio versteckte sich hinter Timmys Rücken. Es ging Isaac an die Nieren, sie leiden zu sehen. »Timmy, wir sind zu weit gegangen, der Präsident mit seinen Tricks…«

»Shirl«, sagte Tim, »dieser Mann hier kommt nicht vom Präsidenten. Er ist ein Ganove aus der Gegend hier.«

»Er kommt hier hereingeplatzt. Er kennt deinen Namen …«

»Wir stehen in den Zeitungen, Shirl. Wir sind im Fernsehen. Das Hotel muss ihn angeheuert haben.«

Er reichte Isaac einen dicken Stoß Reiseschecks.

Isaac zerriss die Schecks. Der Prinz begann zu zittern, und Isaac verließ das Zimmer. Er verfluchte sich. Bull hatte ihn losgeschickt und den Mond anbellen lassen. Er konnte Marianna weder mit noch ohne Seligmans Gestank finden.

Er kehrte zum Garden zurück, wo er seinem Chauffeur über den Weg lief. Er musste Mullins schütteln, ihm ins Ohr flüstern: »Ich bin's. Wo zum Henker bist du gewesen?«

»Ich weiß es nicht, Chef. Jemand hat mir auf den Kopf geschlagen, als ich mit dem kleinen Mädchen Gracie verlassen habe.«

»Und du bist gerade erst aufgewacht und dann direkt in den Garden gekommen?«

»Die haben mich in einen Keller gesteckt.«

»Mit Marianna Storm?«

»Sie war nicht da, Chef. Sie waren nett zu mir. Sie haben mich meine Herzmedikamente nehmen lassen.«

»Denk nach, Mullins. Warst du im Verlies in der Elizabeth Street?«

»War viel zu dunkel, um das erkennen zu können.«

»Und wer hat dich herkutschiert? Die Cops des Captains?«

»Gut möglich, dass es Cops waren, Chef, aber Uniformen haben sie nicht getragen. Ich hab keinen von denen erkannt. Sie haben sehr sauber ausgesehen.«

»Sauber«, sagte Isaac, »sehr sauber.«

Big Guy kehrte ohne seinen Fahrer zurück zur Gracie. Es hing ein Duft in der Mansion, der seine Stimmung aufhellte. Wie ein glücklicher Hund folgte er diesem Duft in die Küche.

Marianna war damit beschäftigt, ein neues Blech Karamellkekse zu backen. Sie deutete mit dem Kopf auf ihn. »Nimm diese alberne Nase ab.«

»Marianna, haben die Bösen dich laufen lassen?«

»Welche Bösen?«

»Die dich und Mullins vor der Mansion geschnappt haben.«

»Ich weiß nicht mehr. Ich hab geträumt. Ich war bei einem Seemann auf einem Schiff.«

»Hatte er eine rote Harpune?«

»Ich glaube, ja.«

Isaac lachte über das Bild, das Marianna und er abgaben. Ein Zwillingspaar, das synchron träumte.

»Was hat er mit der Harpune gefangen?«

»Zeugs«, sagte Marianna. »Nur Zeugs. Ein rostiges Abzeichen. Einen alten Schuh.«

»Und was ist dann passiert?«

»Ich hab meine Augen aufgemacht… und saß auf einer Bank im Carl Schurz Park. Also bin ich hergekommen.«

Sie hatten sie chloroformiert, ihr einen Lappen in den Mund gestopft, sie in die Elizabeth Street geschmuggelt und sie dann wieder herauf in Isaacs Reich getragen.

»Marianna, hast du deine Mom angerufen?«

»Warum sollte ich? Ich hab doch nur ein kleines Nickerchen gemacht.«

»Tolles Nickerchen.« Er rief Clarice an. Er würde lügen müssen wie Sindbad der Seefahrer.

»Hab sie gefunden«, sagte er. »Ist allein meine Schuld. Sie ist in einem der Schlafzimmer eingeschlafen, Clarice, ich schwör's. Ich wusste ja nicht mal, dass sie im Haus war.«

»Du Dreckskerl«, sagte Clarice, »warte nur, bis du Vizepräsident bist. J. wird dich nach Sibirien schicken.«

Marianna schnappte sich den Hörer. »Mutter, hör auf, dauernd auf Isaac herumzuhacken... mir geht's gut. Ich muss nicht nach Hause kommen. Isaac nimmt mich zum Parteitag mit.«

Marianna fing an, sich auszuziehen. Isaac geriet in Panik, suchte ihr einen Morgenmantel. Sie nahm ein Bad, während das Hausmädchen Mariannas Kleider wusch und bügelte. Er schlich nach oben, stellte sich vor den Spiegel, hatte Angst vor seinem eigenen Gesicht. Er war ein Irrer mit einer Harpune. Sindbad der Seefahrer. Er zog einen anderen Anzug aus Mailand an und kehrte zurück ins Erdgeschoss zu Marianna, die in ihrem gebügelten Kleidchen wie ein kleiner Engel aussah.

»Liebling«, sagte sie, »vergiss deine Rede nicht.«

Sie waren wie die königliche Familie. Isaac und Marianna gingen Arm in Arm und strahlten im grellen Licht des Madison Square Garden einen eigenen, geheimnisvollen Glanz aus. Der demokratische Esel blitzte auf der elektronischen Anzeigetafel über ihren Köpfen auf. Dann wurde der Esel durch ein Bild von Marianna ersetzt. Sie war der süße kleine Schatz der Demokraten geworden, und Isaac war ihr Begleiter, der Mann mit dem zerschundenen Gesicht.

Sie marschierten zur Bühne und setzten sich zu den Parteifunktionären. Clarice war schon jetzt stocksauer. Ihre eigene Tochter hatte sie am Abend der Antrittsrede von J. Michael in den Schatten gedrängt. Das prächtige Dekolleté ihres Kleides war nichts, verglichen mit der Anmut eines zwölfjährigen Mädchens.

Die Kameras waren auf Isaac und die kleine First Lady des Garden gerichtet. Aber Big Guy dachte nicht an seine Zukunft mit den Demokraten. Er sah Bull Latham in der Menge, unter den kreuz und quer hängenden Schildern für die jeweiligen Delegationen. Er schlich sich vom Podium und folgte Bull auf die Herrentoilette. Sobald Bull eine der Kabinen betreten hatte, knallte Isaac ihm die Tür ins Kreuz und kletterte Bull auf den Rücken.

»Sie haben Marianna entführt. Captain Bart war nur Ihr Komplize. Es waren Ihre Männer, die Marianna in den Park zurückgebracht haben.«

»Sie sind verrückt, Sidel. Ich musste doch handeln, nachdem Bart sich das Mädchen gekrallt hatte. Ich konnte mich nicht raushalten. Ich habe für Tim verhandelt. Und steigen Sie endlich von meinem Rücken!«

Isaac biss Bull ins Ohr, und Latham rannte mit ihm durch die Herrentoilette wie ein Linebacker.

»Was haben Sie Bart versprochen?«

Bull schlug Isaac gegen eine Wand. Ein Spiegel zersplitterte. Big Guy plumpste auf den Boden. Sein Anzug war an der Schulter zerrissen. Bull verpasste ihm einen Tritt und wollte schon gehen. »Ich habe ihm die Welt versprochen, wenn Sie's unbedingt wissen wollen.«

Isaac war noch nicht fertig. Er attackierte Bull Latham, der sich umdrehte und Isaac immer wieder die Ellbogen ins Gesicht rammte. Big Guy verlor einen Zahn. Sein Hemd war mit Blut befleckt. Er blinzelte und blinzelte, konnte Bull jedoch nicht sehen. Dann erschien ein Engel auf dem Männerklo. Martin Boyle. Boyle drückte Bull Isaacs Glock in die Wange.

»Du würdest eh nicht schießen«, sagte Bull. »Ich bin das FBI.«

»Vielleicht doch«, erwiderte Boyle, »wenn Sie an Mord denken. Lassen Sie Citizen Sidel los.«

Bull ging in die Kabine, und Boyle half Isaac auf die Beine.

»Martin«, sagte Isaac, »ich bin blind. Ich kann verdammt nochmal gar nichts mehr sehen.«

»Geht vorbei, Mr. President. Er hat Sie ganz schön erwischt.«

Boyle schob die Glock zurück in Isaacs Hosentasche, führte ihn aus der Herrentoilette zurück auf die Bühne, während die Blitzlichter der Kameras um sie herum explodierten. Er wollte seinen Platz suchen, doch Tim packte ihn am Arm und schob ihn ans Mikrofon, zischte ihm hinter seinem Rücken zu. »Teufel nochmal, es ist höchste Zeit für Ihre Rede.«

Oh, er hatte gar keinen Blick auf Mariannas Version geworfen. Er begann, seine Taschen abzuklopfen. Er hatte seine Rede auf der Herrentoilette verloren. Egal. Er würde das Lied eines Bürgermeisters singen. »Ich bin Sindbad«, sagte er, »und ich nehme die Nominierung meiner Partei an«, bevor er ohnmächtig wurde und von der Bühne in die Arme seines Secret-Service-Mannes fiel.

Die Ergebnisse der Demokraten bei allen Meinungsumfragen stiegen um zehn Punkte. Sie hatten einen echten Fighter in der Mannschaft, der gegen das FBI kämpfte und die kürzeste Antrittsrede in der amerikanischen Geschichte geliefert hatte.

Er wurde schnellstens ins Roosevelt Hospital gebracht, wo er mit einem Schlauch im Arm friedlich schlummerte. Am Morgen besuchte ihn Marianna, drückte ihm einen Kuss auf die Stirn. »Liebling«, sagte sie, »Mutter will mich enterben. Aber ich fand dich wundervoll. Wer sollte es wagen, einen Wahlkampf gegen Sindbad den Seefahrer zu führen?«

Isaac schloss die Augen. Er war zufrieden. Sein Körper rollte sich zusammen. Er begann zu träumen. Sindbad hatte seine rote Harpune. Er zog ein buckliges Monster aus dem Meer. Es war weder ein Hai noch ein Baby-Walfisch. Isaacs Fang hatte menschliche Augen. Sein Maul formte einen Schrei.

»Psst. Ich werde Ihnen nichts tun.«

Es war Daniella Grossvogel. Sie war in einem blauen Rock zu Isaac gekommen, mit einem Strauß blutroter Rosen in der Hand.

»Hat Ihr Vater Sie geschickt?«, fragte Isaac.

»Nein, Mr. Mayor. Dad würde mich umbringen, wenn er wüsste, dass ich hier bin. Aber ich musste kommen. Ich habe Sie betrogen.«

»Professor Grossvogel, Sie sind nicht meine Braut.«

»Es ist noch viel schlimmer.«

»Eieiei«, machte Isaac, mit aller Komik, die er in einem Krankenhausbett aufbringen konnte. »Haben Sie mir diesen Gangster in der orangefarbenen Hose auf den Hals gehetzt? Babels Gangster? Wie heißt er noch gleich? Benya Krik. Der Kerl, dem die Lower East Side von Odessa gehört.«

»Ich wünschte, es wäre Benya Krik«, sagte Daniella. »Mit ihm hätten Sie sich bestens verstanden.«

»Er ist doch frei erfunden«, musste Isaac murmeln.

»Manchmal kann eine erfundene Figur aus der Seite eines Buchs herausspringen.«

»Aber kann sie auch sieben Millionen Seelen beherrschen? Ach, ich werde philosophisch. Verzeihen Sie mir, Daniella.«

»Ich bin hier diejenige, die um Verzeihung bitten muss. Ich habe Sie betrogen. Ich habe mich für Dad um Marianna Storm gekümmert. Ich war ihr Babysitter.«

»Ich verstehe nicht.«

»Dad hat sie zu mir gebracht, hat sie auf seinen Armen getragen. Sie hatte ziemlich tief geschlafen, fast wie in einem

Koma. Und er wollte Michaels kleines Mädchen nicht bei seinen Grobianen im Revier lassen. Also wurde ich auserkoren, Mr. Mayor.«

»Aber Sie hätten mich doch anrufen können.«

»Das war viel zu gefährlich. Ich war nicht allein. Dads Polizisten waren im Nachbarzimmer.«

»Und warum erzählen Sie mir das alles jetzt?«

»Ich schäme mich so«, sagte sie. »Ich bin eine Kriminelle, genau wie Dad und der junge Doug. Ich gehöre zu Dads Verbrecherschule.«

»Ach was«, sagte Isaac, »Sie mussten schließlich das kleine Mädchen beschützen. Sie war bei Ihnen in Sicherheit. Ich bin hier derjenige, der dankbar sein sollte. Sie hätten Dougy heiraten, mit ihm durchbrennen, ihn von der Elizabeth Street wegbringen sollen.«

»Ich konnte nicht«, sagte sie. »Die Elizabeth Street war längst zu seiner Opiumhöhle geworden. Er sah sich gern als Benya Krik.«

»Daniella, hat er eine orangefarbene Hose getragen?«

»Meistens, ja. Aber er war nicht Benya. Benya hätte niemals für Barton Grossvogel gearbeitet. Benya mochte keine Polizeireviere.«

»Vielleicht könnte ein Zauberer ihn wieder zum Leben erwecken. Ich mochte den Jungen. Er war ein guter Cop.«

»Bevor er meinem Vater in die Fänge geriet.«

»So einfach ist das nicht. Das Weiße Haus steckt hinter der Elizabeth Street. Ich hab's eben erst herausgefunden. Die Elizabeth Street war Teil der Phantomeinheit des Präsidenten. Können Sie sich das vorstellen? Barton Grossvogel übernimmt Auftragsmorde für die Vereinigten Staaten.«

»So hat Dad Dougy ja überhaupt erst so weit mit hineinziehen können. Es war wie ein religiöser Orden. Die kriminellen Ritter des Präsidenten. Aber Dougy wurde nicht reich dabei. Er hat sich Geld bei Dad geborgt, hat alles, was er selbst an Geld hatte, bei einer ganzen Reihe verschiedener Halbwelttypen abgeliefert.«

»Bis er von seinem eigenen Vater erschossen wurde.«

»Glauben Sie so was doch nicht. Captain Knight hat Dougy nicht umgebracht.«

»Wer dann?«

»Ich bin nicht sicher«, sagte Daniella. »Schon möglich, dass Dad seine Hinrichtung angeordnet hat, aber auf seine eigene dumme Art liebt er mich. Und er hätte seiner verkrüppelten Tochter nicht den Ehemann geraubt.«

»Wie zum Teufel ist Dougy dann gestorben?«

Daniella zuckte mit den Achseln. »Das ist ein großes Rätsel, Mr. Mayor.« Sie ließ die Rosen auf Isaacs Bett liegen und war bereits fort, bevor der Invalide sich bei ihr bedanken oder auch nur verabschieden konnte.

TEIL ZWEI

5

Er hatte die kleine First Lady ganz für sich allein. Die Demokraten wollten Marianna nicht im gleichen Bus wie Clarice. Und Sidel wollten sie auch nicht. Seligman und seine PR-Fuzzis konnten aus Sidels Beliebtheit kein Kapital schlagen, ohne gleichzeitig Michael zu schaden. Daher entwickelten sie eine Strategie, Isaac im Zaum und ihn gleichzeitig Michael von der Pelle zu halten.

Er würde nicht mit Michael und Clarice auf Tour gehen. Er würde in seiner Villa bleiben oder kleine Ausfälle ins Herzland unternehmen.

Er fuhr mit Marianna Storm rauf nach Peekskill. Er war nicht auf einer Mission für die Demokraten. Isaac musste für Marianna den Anstandswauwau spielen. Sie war in Angel Carpenteros alias Aljoscha verliebt, einen zwölfjährigen Künstler und Polizeispitzel, der zu den Latin Jokers gehörte, der größten und übelsten Gang der Bronx. Aljoscha hatte Wandgemälde auf die Hausmauern an der Featherbed Lane gemalt, mit denen er die gefallenen Helden der Gang ehrte und feierte – Helden, die er selbst mit in die Falle gelockt hatte. Isaac verstand die internen Angelegenheiten und Hierarchie-Rangeleien einer Gang aus der Bronx nicht mal ansatzweise. Aljoscha war zwischen die Fronten der Cops und des natürlichen Chaos der Bronx geraten. Isaac hatte den Muralisten bei einem Treffen der Merliners (eines seiner aberwitzigen Projekte, ein Programm zur kulturellen Bereicherung) mit Marianna bekannt gemacht, und die beiden Kinder verliebten sich sofort ineinander, Marianna Storm vom Sutton Place South und Angel Carpenteros, Adresse unbekannt. Isaac hatte Aljoscha in einer piekfeinen Einrichtung für Jugendliche in Peekskill verstecken müssen, wo die Latin Jokers nicht an ihn rankommen und ihm die Haut abziehen konnten, weil er die Gang verraten hatte.

»Liebling«, sagte Marianna, »lass uns Aljoscha doch in der Mansion verstecken. Ich bin einsam ohne ihn.«

»Wenn ich könnte, würde ich ihn verstecken. Aber es wimmelt nur so von Reportern. Und wenn die zufällig Aljoscha treffen, was dann? Stell dir die Schlagzeilen vor. Tochter des Kandidaten hat Verhältnis mit örtlichem Künstler-Ganoven-Priester.«

»Er ist kein Ganove.«

»Aber die Presse wird ihn so nennen. Und die Jokers werden ihn finden. Er würde keine Woche überleben.«

Big Guy hatte ein höllisch schlechtes Gewissen. Er hasste Heime und ähnliche Institutionen. Peekskill Manor hatte zwar die ganzen Annehmlichkeiten eines Country Clubs, lag aber hinter einem versperrten Tor und war umzäunt mit Drähten, an denen man sich einen fürchterlichen Stromschlag holen konnte. Innerhalb der Mauern des Landguts gab es jede Menge privater Bereiche, wo Marianna und der Wandmaler sich küssen und spazieren gehen konnten, Isaac immer dreißig Meter hinter ihnen. Big Guy war verlegen. Nie zuvor hatte er eine solche Begierde in den Augen von Zwölfjährigen gesehen. Verglichen mit diesen beiden gingen Romeo und Julia noch in den Kindergarten.

»Chef«, sagte Aljoscha, »musst du eigentlich dauernd hinter uns herlatschen? Freut mich wirklich, dich zu sehen. Aber jetzt reicht's. Wir sind Merliners. Wir haben Dinge zu bereden.«

»Ich trage die Verantwortung«, sagte Big Guy.

Marianna fauchte ihn an: »Onkel Isaac, geh jetzt. Verpiss dich.«

Und Isaac musste sich mit seinem Secret-Service-Mann und dem von Marianna auf eine Bank setzen. »Und verliert kein Sterbenswörtchen darüber«, schnauzte er, weil er in Peekskill Manor kein anderes Publikum hatte. »Aljoscha existiert nicht. Ich will nicht, dass er in irgendwelchen Einsatzbesprechungen erwähnt wird ... und auch nicht beim Klatsch und Tratsch unter euch Jungs.«

»Wir werden die Turteltäubchen nicht in Verlegenheit bringen«, sagte Mariannas Secret-Service-Mann, Joe Montaigne, ein Scharfschütze aus Missouri.

»Sie sind keine Turteltäubchen«, sagte Isaac. »Sie sind hochbegabte Kinder, Merliners ... «

»Die gern küssen.«

»Das solltest du gar nicht registrieren«, sagte Isaac zu Joe Montaigne.

»Wie sollen wir sie denn dann beschützen?«

»Sieh noch mal hin, Montaigne. Dieses Landgut ist eine abgeschlossene eigene Welt.«

»Jeder kleine Akrobat kann über eine Mauer klettern. Wir müssen sie im Auge behalten, wenn sie sich küssen.«

Marianna und ihr Muralist kehrten nach einer halben Stunde mit geschwollenen Augen und Lippen zurück.

»Onkel«, sagte Aljoscha, »ich will sie heiraten.«

»Sei still. Auf deinen Kopf ist eine Belohnung ausgesetzt.«

»Ich werde von hier abhauen. Ich und Marianna können nicht länger voneinander getrennt leben.«

»Super«, brummte Isaac. Sie könnten in den Caravan der Demokraten einziehen, zu Clarice und ihrem *Leibwächter*, Bernardo Dublin. Bernardo war es gewesen, der die halben Latin Jokers ausgelöscht hatte, obwohl Bernardo früher selbst einmal ein Joker gewesen war. Isaac hatte ihn aus der Gang rekrutiert, hatte ihn auf die Polizeiakademie geschickt, hatte ihm die Tricks und Finten eines Polizisten beigebracht. Isaac war sowohl für Bernardo und Aljoscha als auch für die toten Gangs in der Bronx verantwortlich. Die Kinder, die Aljoscha in seinen Wandgemälden dargestellt hatte, waren die Opfer und Toten von Isaacs Krieg. In seinem Eifer, die Bronx zu säubern, hatte Big Guy einen Stadtteil dezimiert. Er war eine Art Oliver Cromwell.

»Liebling«, sagte Marianna, »du wirst mir Aljoscha geben müssen, denn ohne ihn tue ich keinen Schritt ins Weiße Haus.«

»Würde euch beiden das Lincoln-Schlafzimmer gefallen?«

»Nein«, sagte Aljoscha. »Es ist voller Gespenster.«

»Marianna, es wäre schon ein Wunder nötig, um die Ehe zweier Zwölfjähriger einzufädeln, aber selbst wenn ich das könnte, würde ich damit nur Aljoschas Tod beschleunigen. Die Jokers würden ihn sich holen.«

»Ich werde einen anderen Namen benutzen«, sagte Aljoscha.

»Homey, du hast keinen anderen Namen.«

Und Isaac brachte Marianna schnell weg von Peekskill, bevor sie Aljoscha erneut küssen konnte. Sie war Isaacs Hausgast geworden, solange Clarice und Michael auf Tour waren. Sie kommandierte die Köche und Dienstmädchen herum, machte morgens hart gekochte Eier für Isaac, bügelte seine Sommeranzüge, rief jeden Abend in Peekskill an, bestrafte den Bürgermeister mit einer fetten Telefonrechnung. Aber Big Guy liebte es einfach, sie in seiner Nähe zu haben. Es linderte den Schmerz, Margaret Tolstoi zu verlieren, zu wissen, dass sie in den Armen des Präsidenten lag. Er stopfte sich mit Mariannas Keksen voll und bekam ungeheure Bauchschmerzen.

Er musste immer wieder an Captain Knight und seinen toten Sohn denken. Eine merkwürdige Sache war bereits geschehen. Das zuständige Geschworenengericht war nicht willens, eine offizielle Anklageschrift zu erstellen. Captain Doug wurde aus seiner Mönchszelle im Criminal Courts Building geholt und nach Hause geschickt. Grossvogel und seine Männer schworen, dass der junge Doug in der Elizabeth Street getrunken und geflucht hatte, davon geredet hatte, seinen Dad zu erschießen, Geld von seiner Mutter zu stehlen. Das ganze Szenario war eine Spur zu glatt. Ein Vater erschießt den eigenen Sohn in Notwehr. Der Captain hätte Dougy die Waffe einfach abgenommen. Isaac fuhr hinaus zur Pineapple Street, aber weder der Captain noch seine Frau waren bereit, ihn zu empfangen.

Isaac musste durch die Tür brüllen. »Doug, würdest du bitte mit mir reden, um Himmels willen? Ich kann auch einbrechen, weißt du? Ich kann deine Schlösser knacken.«

Aber Big Guy tat nichts dergleichen. Und am nächsten Tag verschwand Doug aus Brooklyn Heights, zog mit seiner Frau raus nach Scottsdale, Arizona, um im Land der ewigen Sonne zu leben. Isaac hatte nichts gegen Scottsdale. Er könnte sich dort selbst zur Ruhe setzen, zwischen all den Kakteen und einem Howard Johnson's Restaurant, das ein Sieben-Gänge-

Menü anbot. Er könnte Vorlesungen an der Arizona State halten, Assistenzprofessor für Strafrecht werden, vielleicht sogar Ehrensheriff. Aber Captain Doug war in Brooklyn geboren, er war stolz auf die Pineapple Street. Er wäre vielleicht zum Golfen nach Scottsdale gefahren, aber niemals hätte er dafür seinen heimatlichen Boden aufgegeben. Isaac hatte mit Doug gedient, als er noch Police Commissioner gewesen war, hatte ihm Auszeichnungen an die Brust geheftet. Doug kannte keine Angst. Aber trotzdem hatte ihn jemand aus Brooklyn verjagt.

Isaac vernachlässigte Marianna, vergaß seinen Wahlkampf. Er irrte in der Nähe der Elizabeth Street herum, ständig auf der Suche nach einer Fantasiefigur in orangefarbener Hose. Was hatte Daniella noch gesagt, mit diesen blutschwarzen Rosen in der Hand? Manchmal kann eine erfundene Figur aus der Seite eines Buchs herausspringen. Aber da sprang gleich gar nichts. Da waren keine Benya Kriks in Isaacs Hinterhof.

Zorn baute sich in ihm auf. Er wurde benutzt. Er war die Bulldogge der Demokraten geworden, die mit einem Seil um den Hals brav herumsitzen musste, wo er doch am liebsten nach D. C. gerannt wäre, um Margaret Tolstoi zu suchen und sie den Fängen des Präsidenten zu entreißen. Aber er hätte die Show ruiniert, hätte dieses Irrenhaus der amerikanischen Politik zum Einsturz gebracht. Jack Kennedy hatte ein Dutzend Geliebte gehabt, hatte ein oder zwei mit der Mafia geteilt, eine weitere mit Bob, seinem eigenen Bruder, aber kein bisheriger Präsident hatte mit dem Bürgermeister von New York um die Rechte an einer hinreißenden Doppelagentin gekämpft, die allmählich Krampfadern bekam.

Er konnte weder Boyle noch Joe Montaigne trauen. Sie waren Männer des Präsidenten, auch wenn sie für Isaac Kugeln und Bomben schlucken würden. Einem Merliner jedoch, wie zum Beispiel Marianna Storm, konnte er vertrauen.

»Liebling«, sagte er, »ich brauche eine orangefarbene Hose.«

»Das ist doch lächerlich. Eine orange Hose. Das ganze Land wird lachen. Und du wirst nicht gewählt. Nicht, dass es mir was ausmachen würde. Mir ist die Gracie Mansion allemal lieber als das Weiße Haus.«

»Diskutier nicht«, sagte er. »Ich muss was erledigen. Und diese Erledigung erfordert eine orangefarbene Hose.«

Er hätte runter zur Orchard Street gehen können. Aber er wollte nicht, dass Trödler von seinen Geschäften wussten. Marianna machte sich mit den Hausmädchen an die Arbeit. Sie mussten keinen neuen Stoff suchen. Sie zerrissen einen alten Vorhang und schneiderten daraus eine orangefarbene Hose. Die Hose besaß eine magische Wirkung. Isaac fühlte sich hervorragend darin, wie ein Gangster aus den farbenprächtigen Straßen des Ghettos von Odessa. In seinem Schlafzimmer bewahrte er Schminkutensilien und verschiedene alte Kleidungsstücke für seine unzähligen Verkleidungen auf. Er malte sich die Augenbrauen schwarz. Benya Krik musste ein jüngerer Mann sein als Sidel. Er trug einen roten Schal, dazu eine Matrosenmütze auf seiner kahl werdenden Rübe. Und dann verkrümelte er sich aus der Mansion, flüchtete in *seine* Maldavanka, das Ödland in der Nähe der Elizabeth Street.

Nichts passierte.

Er richtete sich aus wie einen Kompass und drang tiefer ins Ödland ein. Er machte jetzt definitiv keinen Wahlkampf. Er war weder Sidel noch Sindbad der Seefahrer. Er wanderte in seiner orangefarbenen Hose herum. Seine aufgemalten Augenbrauen begannen zu zerfließen. Er hatte die Sonne nicht berücksichtigt. Sah er aus wie eine Tunte?

Ein kleiner Junge kam zu ihm, reichte Isaac eine vergammelnde Blume. »El Señor«, sagte der Junge.

Großmütter und kleine Mädchen verbeugten sich vor ihm. Ein alter Mann gab ihm einen zerknüllten Eindollarschein, nicht als Tribut, sondern als eine Art spezielles Totem. Mehr und immer mehr Leute gaben ihm zerknüllte Eindollarscheine.

Er amüsierte sich prächtig, bis die Elizabeth Street auf ihn aufmerksam wurde und seine Maskerade entdeckte. Captain Bart stieg aus einem Streifenwagen.

»Was zum Teufel machen Sie hier, Sidel?«

»Weiß nicht so genau. Aber ich vermute mal so, dass der eine oder andere Bürger mich mit dem jungen Doug verwechselt.«

»Dougy ist tot.«

»Und was sollen dann bitte all diese verkrumpelten Scheine?«

»Steigen Sie in den Wagen, Sidel, ja? Oder müssen wir Sie am helllichten Tag hier wegschleifen?«

Isaac stieg in den Wagen. Grossvogel wischte mit einem großen Taschentuch die Rinnsale schwarzer Farbe von Isaacs Wangen.

»Wie wär's, sollen wir ein bisschen beichten, Mr. Mayor? Dougy war nicht bei Verstand. Er bildete sich ein, er wäre eine Figur aus so einem Roman.«

»Benya Krik.«

»Die Einzelheiten interessieren mich nicht. Jedenfalls ist er verrückt geworden. Das genügte. Er beschützte die kleinen Leute.«

»Und die bedankten sich bei ihm mit zerknitterten Dollarscheinen.«

»Offensichtlich. Aber er hat nicht genug davon eingenommen. Er raubte Händler aus und Mafia-Totschläger, gab seine ganze Beute Drogensüchtigen und Pennern, die auf den Dächern lebten ... als wäre das ganze Viertel sein Patrimonium, sein Privatbesitz.«

»Die Maldavanka«, murmelte Isaac.

»Hören Sie mir vielleicht auch mal zu? Er hat andere Cops ausgenommen, seinen eigenen Scheiß-Captain hat er überfallen. Ich wollte ihn für unzurechnungsfähig erklären lassen, aber das hätte eine Scharte auf meinem Schiff hinterlassen. Also hab ich mit seinem Dad gesprochen. Ich habe Captain Knight zu einem Schwätzchen in die Elizabeth Street zitiert, und der verdammte Dreckskerl gab mir die Schuld, warf mir vor, ich würde Doug Junior korrumpieren, ihm das Stehlen beibringen. Meine Güte, Mann, haben wir nicht die halbe Mafia aus dem Viertel vertrieben?«

»Mit Geld aus dem Weißen Haus und von Bull Latham.«

»Das Bureau kann Millionen ausgeben, ich nicht ... die Dons sitzen alle im Knast. Und die chinesischen Gangs haben sich nach Queens verzogen. Sidel, ich kommandiere ein ruhiges Schiff.«

»Zu ruhig. Sie hätten sich Marianna nicht schnappen sollen. Kleine Mädchen betäubt man nicht.«

»Aha, Daniella hat mit Ihnen gesprochen, was? Habe ich mich nicht gut um die Kleine gekümmert? Keine Grobheiten. Sie hatte den besten Babysitter der Welt. Meine eigene

Tochter. Und ich habe das Päckchen doch auch zurückgegeben, oder etwa nicht? Es ist nichts passiert … und Sie sollten nicht in orangen Hosen herumlaufen, Sidel. So was tragen die Loddel im Barrio. Sonst muss ich Sie noch wegen Zuhälterei verhaften. Und das würde einen ziemlichen Skandal geben.«

Der Captain kramte eine riesige Schere unter seinem Sitz hervor. Er gab seinen Männern ein Zeichen, die daraufhin Isaac festhielten, während der Captain wie ein genialer Modeschöpfer verschiedene Muster in Isaacs Hose schnitt.

»Ich könnte Sie jetzt auf der Stelle umlegen. Ihre Leiche auf irgendeinem Baugrundstück entsorgen. Man würde Sie frühestens in einem Monat finden. Aber Sie sind ein echter Glückspilz. Sie besitzen einen eigenen Fürsprecher im Weißen Haus. Der Prez hält Mordsstücke auf Sie. Sie sind sein großer Held. Ein Bürgermeister mit einer Glock in der Hose. Er könnte sich glatt aufknüpfen, wäre Michael nicht ein so schrecklich mittelmäßiger Kandidat. ›Können wir Isaac nicht umdrehen und einen Republikaner aus ihm machen?‹ Das hat der Präsident zu mir gesagt.«

»Er hat mir meine Frau gestohlen.«

»Ich bin nicht befugt, über das Liebesleben des Präsidenten zu reden«, sagte Grossvogel und fuhr fort, Isaacs Hose zu zerschneiden.

»Bist du bald fertig, Bart?«

»Fast.«

Er brachte Isaac zum Carl Schurz Park und verpasste ihm einen Schlag voll ins Gesicht. »Lassen Sie sich nie wieder in meinem Revier blicken.«

»Dein Revier, Bart? Ich bin in der Lower East Side aufgewachsen.«

»Aber Sie sind zur Gracie Mansion aufgestiegen. Das Klima uptown ist gesünder für Sie.«

Wie ein mittelalterlicher Hofnarr ging Isaac in seiner zerfetzten orangefarbenen Hose durchs Tor. Die Detectives der zu ihm abgestellten Einheit wagten nicht zu grinsen. Dennoch spürte Isaac die Kälte in den Knochen. Mit zerrissenen Hosen hatte das nichts zu tun. Er hatte einen Gast aus D.C. Margaret Tolstoi mit ihren Mandelaugen, das silbergraue Haar kurz geschoren wie ein Armeerekrut. Isaac hätte gern gelächelt, konnte es aber nicht. Sie war nicht einer verrückten Laune folgend zu ihm gekommen, nicht, weil sie einen alten Schulkameraden wiedersehen wollte. Er war diese ganzen vierzig Jahre in ein Phantom verliebt gewesen. *Anastasia*. Wieder war er niedergeschlagen. Margaret war die Frau des Präsidenten … und der Mann des Präsidenten.

6

»Hallo, mein Süßer. Ich mag deine Hose.«

Er hatte sie seit Monaten nicht gesehen. Sie hatte als sein Hausgast bei ihm in der Gracie Mansion gelebt und war dann verschwunden. Bull Latham, dieser Dreckskerl, hatte sie nach Prag geschmuggelt. Timmy hatte dahintergesteckt. Tim hatte Bull gedrängt zu helfen, Anastasia loszuwerden, während die Demokraten Isaac striegelten und auf das Amt des Vizepräsidenten vorbereiteten. Ausländische Diplomaten fingen an, sich in Isaacs dunkle Lady zu verlieben, und Tim hatte sie aus Prag abziehen müssen.

»Nur ein kurzer Besuch«, sagte sie. »Ich kann nicht bleiben.«

Sie gingen nach oben in Isaacs Schlafzimmer. Sie zog sich aus. Isaac warf verstohlene Blicke auf ihre Krampfadern. Sie waren wie herrliche Landmarken auf ihrem Körper. Sie streifte Isaacs Kleidung ab. Egal, wie raffiniert sie war – Isaacs Schwanz lag in tiefstem Schlummer. Er konnte nicht mit Margaret schlafen.

Sollte er sie nach ihren Ausflügen ins Weiße Haus befragen?

»Du hast mir gefehlt«, sagte sie. »Deine Locken.«

»Margaret, mach die Augen auf. Ich hab praktisch eine Glatze.«

»Mach keine Witze. Du hast noch einen halben Wald.«

Er dachte kurz daran, sie zu erwürgen. Er konnte es nicht. Sie starrte auf seine jämmerliche Erdnuss. »Ich bin aus der Übung«, sagte er. »Du hättest mich nicht so verlassen dürfen. Ich wache auf. Du bist weg.«

»Ich bin eine Hure.«

»Das ist keine Erklärung«, sagte er. »Tim hat mir von deinen Abenteuern in Prag erzählt. Jeder Diplomat in diesem Land war von dir verzaubert.«

»Es ist deine Schuld. Du bist in die Politik gegangen. Wie konnte ich in einer Amtsvilla mit dir leben? Du bist ein verheirateter Mann.«

»Hat nichts zu bedeuten. Ich hab Kathleen schon seit Jahren nicht mehr gesehen.«

Er hatte die Countess Kathleen geheiratet, als er noch ein Kind war. Ein Rotschopf in der Immobilienbranche, das war sie. Sie machte Isaac mit der irischen Mafia im NYPD bekannt. Sie hatten eine Tochter, Marilyn the Wild, die mit allen Jungs in den Kellern des Marble Hill knutschte. Kathleen flüchtete nach Florida und wurde Millionärin, Isaac hatte Löcher in den Taschen und steckte sein ganzes Geld in die Baseballmannschaft der Police Athletic League, die er managte. Wenn die Demokraten gewannen, wäre Isaac der erste arme Vizepräsident.

»Kathleen würde sich nicht in die Wahl einmischen«, sagte Isaac. »Sie würde mir niemals schaden.«

»Vielleicht. Vielleicht auch nicht. Aber es gibt noch eine andere Komplikation. Ich bin ebenfalls verheiratet.«

Ah, sein Schwanz begann sich zu rühren. »Verheiratet mit wem?«

»Mit dem Schlächter von Bukarest.«

»Mit Antonescu? Mein Gott, du warst noch ein Baby. Du warst höchstens elf, als du ihn geheiratet hast.«

»Zwölf.«

»Mit zwölf heiratet man nicht rechtskräftig.«

»Es war in Odessa.«

Während des zweiten Weltkriegs herrschte Ferdinand Antonescu über das Schwarze Meer, hatte seinen eigenen kleinen Nazi-Staat und schaffte es, seine Braut vierundvierzig auf einem Schiff des Roten Kreuzes aus Odessa zu schmuggeln.

»Ich dachte, die Russen hätten ihn umgebracht.«

»Nein. Eine Weile war er bei einem Zirkus.«

»Margaret, er muss an die hundert sein.«

»Er ist fünfundachtzig und hat noch alle Zähne… lebt in Alexandria.«

»Wie zum Teufel ist er denn nach Ägypten gekommen?«

»Nein, nicht das Alexandria. Er ist in einem Pflegeheim in der Nähe des Potomac.«

»Ein getarntes Haus des FBI«, sagte Isaac. »Damit hat das Bureau dich also in der Hand. Schöne Scheiße. Du musst ein lebendes Gespenst schützen.«

»Er ist kein Gespenst. Er hat mich großgezogen, Isaac.«

»Und hat dich mit in sein Bett genommen.«

»Ich war ein obdach- und heimatloses Kind. Er hat meinen Ballettunterricht bezahlt.«

»Und hat dich mit in sein Bett genommen. Ich nenne so was beschissenen Kindesmissbrauch.«

»Damals kannten wir solche schicken Ausdrücke nicht. Er hat mich am Leben gehalten. Ohne Ferdinand hätte ich dich nie kennengelernt.«

»Soll ich jetzt vielleicht zu diesem Heim raus und mich bei ihm bedanken, Liebes?«

Sie gab Isaac eine Ohrfeige. Es war keine Folter. Seine Erdnuss wuchs. Er schlief mit Margaret. Er war genauso böse wie der Schlächter von Bukarest. Er war erfüllt von Gehässigkeit.

»Wer hat dich geschickt? Bull Latham oder der Prez?«

»Calder würde mir bei lebendigem Leib die Haut abziehen, wenn er wüsste, dass ich hier bin. Ich musste den Secret Service austricksen. Die sind rund um die Uhr bei mir.«

»Das ist komisch. Ich habe den Secret Service hier bei mir im Haus.«

»Das sind deine Secret-Service-Männer, nicht die von Calder.«

»Gehören die nicht alle zu ein und demselben stinkenden Laden? Calder Cottonwood und seine Bande.«

»Mach dich nicht über den Präsidenten der Vereinigten Staaten lustig.«

»Margaret«, fragte Isaac, »bist du urplötzlich die große Patriotin geworden? Was hat Amerika denn schon für dich getan, außer dich in eine Jägerin zu verwandeln?«

»Es hat mich mit einem kleinen Zigeuner-Schuljungen bekannt gemacht, mit Isaac Sidel.«

»So ein Zigeuner war ich nun auch wieder nicht«, sagte Isaac.

»Aber das erzähle ich dem Präsidenten.«

»Du sprichst über uns?«

»Ständig.«

»Die intimen Details unserer Liebe?«

»Jedes einzelne. Er kann nicht einschlafen, wenn er nicht ein neues Abenteuer von uns beiden gehört hat… Isaac, ich bin seine Scheherazade.«

»Na super«, sagte Isaac. Er wollte seine Vergangenheit loswerden, wollte das kleine Mädchen mit den Löchern in den

Socken vergessen, das die Stabilität von Isaacs Klasse zerstörte, das Jungs zu Bettlern machte, die um Margarets Reize buhlten. Sie nannte sich selbst Prinzessin Anastasia, ein Mitglied der königlichen Familie, das aus dem Nichts aufgetaucht war und dann zurück nach Rumänien entführt wurde, wo sie ihre Ausbildung in einem KGB-Kindergarten fortsetzte. Hatte sie damals schon für das FBI gearbeitet? Eine Doppelagentin, die mit Puppen spielte.

Sie berührte Isaacs Wange. »Dummkopf. Calder kann nicht leben ohne meine Geschichten. Er ist impotent.«

»Nett von dir, dass du das sagst. Ich glaub's nicht. Er jagt immer irgendeinem Rock hinterher.«

»Jetzt ist er hinter mir her. Calder war schon bei hundert Urologen. Die können alle nichts machen. Aber meine Geschichten beruhigen ihn. Manchmal hat er eine winzige Erektion, aber die hält nie an.«

»Und ich muss mir das alles anhören?«

»Du liebst doch Details. Du könntest Calders Zwilling sein.«

»Will der Prez mich umlegen, mir eine Kugel ins Hirn jagen?«

»Warm, Liebling... ich bin auf der Suche nach einem abtrünnigen Cop.«

»Captain Grossvogel?«

»Nicht Grossvogel. Einer seiner Männer.«

Isaac musste sich auf die Lippe beißen. Sindbad der Seefahrer war ein Prophet auf seinem kleinen Boot. Dougy war nicht tot.

»Du gehst in die Maldavanka, stimmt's?«

»Wir sind hier nicht in Odessa, Liebling. Das hier ist nicht das Schwarze Meer.«

»Wollen wir wetten? Du bist hinter einem Burschen in orangefarbenen Hosen her.«

»Benya Krik. Du hast zu viele Bücher gelesen. Und mach mir keine Vorwürfe, Liebling. Du hast deine eigene kleine Lolita im Haus.«

»Welche Lolita?«

»Dieser süße Fratz, der vorgibt, Clarices Tochter zu sein.«

»Sie ist Clarices Mädchen. Marianna Storm.«

»Schläfst du mit ihr?«

»Margaret, sie ist zwölf.«

»Ich habe mich mit Onkel Ferdinand lange vor diesem Alter herumgewälzt.«

»Aber ich bin nicht Ferdinand. Und Marianna ist in einen kleinen Straßenkünstler verliebt. Sie hat in der Mansion ein eigenes Zimmer. Und einen Leibwächter.«

Anastasia fing an, sich wieder anzuziehen.

»Ich könnte dich hierbehalten«, brummelte Isaac, »könnte dich in diesem Raum hier einsperren.«

»Das haben andere auch schon versucht… du hättest überall Leichen, und Bull würde sauer auf mich werden.«

»Aber Dougy hat es nicht verdient zu sterben.«

»Du sprichst in Rätseln, Isaac. Hab ich was von *sterben* gesagt? Und wer ist überhaupt Dougy?«

»Captain Knights Junge.«

»Der ist doch schon tot. Und ich wirke keine Wunder.«

Sie küsste Isaac Sidel, lutschte an seinem Gesicht und lief dann von ihm fort, bevor er den Secret Service rufen konnte.

7

Seine Werte bei den Meinungsumfragen stiegen und stiegen. Die demokratische Partei musste sich hinter Sidel stellen. Was kümmerte ihn Seligmans Gekreische? Isaac beschloss, mit der kleinen First Lady nach Scottsdale zu reisen. Er würde nicht in Phoenix herumsitzen. Er würde an der Universität ein paar Vorlesungen halten, nicht als Kandidat, sondern als Kriminologe. Er flehte seinen Secret-Service-Mann an. »Boyle, geh ein bisschen shoppen, ja? Finde für mich die Adresse von Captain Knight heraus.«

Und er buchte einen Flug mit Martin Boyle, Marianna und ihrem Secret-Service-Mann, Joe Montaigne. Die Tickets setzte er auf die Rechnung des Storm-Sidel-Wahlkampfkomitees. Er konnte sich nicht als irgendein anonymer Reisender ausgeben. Marianna erkannte jeder sofort. Er war lediglich ihre Begleitung, ein Bürgermeister mit schütterem Haar und Koteletten. Die Leute pilgerten immer wieder zu Mariannas Fensterplatz. Boyle besorgte ihr einen großen roten Buntstift, und sie schrieb »In Liebe, Marianna Storm« auf Speisekarten und Lesezeichen und Zettel.

Vom Flughafen zur Universität fuhren sie in einer Wagenkolonne. Marianna musste bei ihrem Secret-Service-Mann auf dem Schoß sitzen und den Frauen und Kindern zuwinken, die mit erstaunten Gesichtern am Straßenrand standen.

»Gott segne dich, Marianna. Wir hoffen, dass du es mit Mr. Isaac ins Weiße Haus schaffst.«

Ein Hörsaal war nicht groß genug für Sidel. Er musste seine Vorlesung in einer Turnhalle halten. Arizona war Stammland der Republikaner. Der Prez stammte aus Phoenix, hatte an der Arizona State studiert, mochte durchaus in genau dieser Turnhalle Basketball gespielt haben. Doch Isaac war nicht gekommen, um Präsident Cottonwood zu provozieren. Er würde nicht über Parteipolitik reden. Er stand auf einem speziellen Podium etwa in der Mitte des Spielfeldes, die kleine First Lady an seiner Seite. Boyle begann zu zittern.

»Wir können Sie nicht beschützen, Sir. Nicht unter diesen Umständen. Von einer Turnhalle war nicht die Rede. Dort oben könnte sich ein Heckenschütze verstecken… mit einem Dumdumgeschoss, auf dem Ihr Name und der von Marianna steht.«

»Hör auf, dir Sorgen zu machen. Ich nehme Marianna unter meine Fittiche.«

Isaac rockte auf dem Podium, ohne Republikaner, Demokraten und Calder Cottonwoods Komitee zur Verbrechensbekämpfung auch nur zu erwähnen. Aber die Menge hatte Isaacs Antrittsrede nicht vergessen.

»Sindbad«, brüllten die Studenten ihm zu, »Sindbad der Seefahrer.«

»Kinder«, sagte Isaac, »ich bin doch nur in meinen Träumen ein Seefahrer… aber wahnsinnig gern würde ich euch alle rekrutieren, euch zu Polizisten und Polizistinnen machen. Denn es ist wichtig. Nein, nicht die Pension und alle anderen Vergünstigungen. Nicht die Kanone an eurem Gürtel. Auch nicht die Uniform. Sondern die vielen kleinen Zeichen von Weisheit. Ich würde euch bitten, Shakespeare zu studieren,

Dostojewski und Chester Himes zu lesen. Das sind eure wahren Gesetzbücher. Das Lachen und Weinen von Menschen. Nicht Statistiken«, sagte Isaac.

Marianna kroch unter ihm hervor. »Ich stimme zu. Ich würde auf jede Polizeischule gehen, an der Onkel Isaac unterrichten kann…«

»Sindbad«, skandierten die Studenten, »Sindbad und die kleine First Lady.« Sie trampelten mit den Füßen auf den Bodendielen, und die ganze Turnhalle begann zu schwanken. Joe Montaigne reichte Isaac ein schnurloses Telefon.

»Jetzt nicht«, schnauzte Isaac.

»Es ist Tim Seligman, Sir.«

»Auf die Standpauke von dem Arsch kann ich momentan gut verzichten.«

»Tim will Ihnen keine Standpauke halten, Sir.«

Isaac schnappte sich das Telefon. »Ja, Tim. Ich weiß. Ich bin in Cottonwood-Land, und ich sehe besser zu, dass ich schnellstmöglich verschwinde. Aber ich habe hier eine Aufgabe zu erledigen.«

»Es war perfekt«, sagte Seligman. »Mit einer großen politischen Ansprache habe ich gar nicht gerechnet. Cops ohne Kanonen, mit Shakespeare in den Taschen. Das können wir verkaufen.«

»Wieso haben Sie meine Rede gehört?«

»Wir sind doch keine Amateure, Isaac. Wir haben natürlich Mikros in den Tribünen versteckt.«

»Tim, ihr verwanzt mich also?«

Isaac warf Joe Montaigne das Telefon zu. »Das nächste Mal, Joe, bin ich nicht erreichbar.«

Aber Big Guy war noch nicht fertig. Er musste die Fragen der Menschenmassen auf den Tribünen beantworten. Sein Herz klopfte, als er Pamela Box unter den Studenten bemerkte. Pam war Calders Stabschefin, ein knallhartes Mädchen von fünfunddreißig Jahren, die das Weiße Haus verlassen hatte, um Michael während des Wahlkampfs auf den Fersen zu bleiben. Außerdem schlief sie mit dem Prez, und Isaac konnte sich gut vorstellen, dass Margaret Tolstoi inzwischen ihr Leben um einiges komplizierter machte. Sie war erheblich jünger als Margaret, eher eine klassische Schönheit mit blondem Haar und perfekter Nase, aber wie könnte Pam je mit Margarets Krampfadern konkurrieren?

»Sidel, es ist wundervoll, sich eine Welt voller gebildeter Polizisten vorzustellen, Shakespearekennern, die mit Glocks bewaffnet durch die Straßen ziehen. Aber sind Sie nicht ein klein wenig naiv? Werden Ihre Gelehrten auch schießen, wenn sie tatsächlich schießen müssen? Oder werden sie jungen Ganoven und Psychopathen mit Shakespearezitaten begegnen?«

Isaac wich nicht vor Pam zurück.

»Vielleicht werden meine Shakespearefreunde kurz zögern, bevor sie schießen. Aber das macht sie nicht zu schlechteren Polizisten. Schießwütige Cops sind selbst Psychopathen. Lieber ist mir doch ein Cop, der selbst mit den schlimmsten Kriminellen noch vernünftig reden kann.«

»Immer wieder dieselbe Leier«, schrie sie zurück. »Aber in einem Dschungel werden Sie kaum auf Mitgefühl stoßen.«

»Da bin ich nicht so sicher. Weg mit dem Mitgefühl, und genau da beginnt der Dschungel.«

»Warum tragen Sie dann eine Glock?«

»Meine persönliche Schwäche, Mrs. Box. Wahrscheinlich würde ich keine brauchen, hätte ich mehr Shakespeare im Blut.«

Er raunte Martin Boyle zu: »Verschwinden wir lieber, bevor sie uns in Stücke reißt.«

Die Universität hatte ein Mittagessen vorbereitet, aber Isaac entfloh mit Marianna und den beiden Secret-Service-Männern aus der Turnhalle. Sie nahmen eine Mahlzeit im Howard Johnson's ein, wo Isaac eine eigene Kanne Kaffee bekam. Er trank und trank.

»Liebling«, sagte Marianna, »du bekommst noch Herzklopfen.«

»Mach mich nicht zum Pantoffelhelden.«

»Sie hat recht, Sir«, sagte Boyle. »Sie hatten schon zwei Kannen.«

»Ich muss mich stärken… Captain Knight ist eine verflixt harte Nuss.«

Big Guy überquerte die Straße. Der Captain versteckte sich in einem schicken Bungalow hinter dem Howard Johnson's. Isaac musste nicht mal anklopfen. Captain Knight kam heraus, um ihn zu begrüßen.

»Sidel, verschwinden Sie.«

»Geht nicht, Doug. Ich glaube, du und dein Junge, ihr habt mir eine wilde Geschichte aufgetischt.«

»Sprechen Sie nicht so von den Toten.«

»Würde ich doch niemals tun, aber weißt du, Doug lebt noch.«

Der Captain schob Isaac in den Bungalow und ließ Marianna und den Secret Service auf der Straße stehen.

Der Bungalow war nicht wie Brooklyn; er hatte nicht den geringsten Charme. Er musste vom FBI oder von den Leuten des Präsidenten möbliert worden sein. Captain Doug und seine Frau waren gefangen in einer Tapetenwelt, in der ein endloser Tulpengarten es darauf angelegt zu haben schien, sie zu verschlucken.

»Wie haben Sie mich denn so schnell gefunden, Mr. Vizepräsident?«

Isaac konnte Captain Doug schlecht erzählen, dass Martin Boyle, sein eigener Secret-Service-Mann, an der Sache arbeitete. Und Boyle verfügte über eine magische Ressource: Isaac Sidel. Kaum rief er Isaacs Namen auf, schon öffneten sich ihm alle Türen.

»Dougy schwebt in Gefahr«, sagte Isaac.

»Er soll damit aufhören«, sagte Sandra.

»Ich mache keine Witze. Der Prez hat seinen eigenen Killer auf die Suche nach ihm geschickt. Den besten. Margaret Tolstoi.«

Sandra begann zu lachen und zu weinen. »Margaret Tolstoi.«

»Was ist daran so komisch?«, musste Isaac fragen.

»Margaret hat mit Doug Junior zusammengearbeitet«, sagte der Captain. »Die zwei haben die halbe Mafia in der Gegend um die Elizabeth Street ausgeschaltet.«

»Sie war die ganze Zeit in Manhattan?«

»Woher soll ich das wissen, Mr. Vizepräsident? Sie könnte auch zwischen Manhattan und dem Bett des Präsidenten gependelt haben.«

»Ja, reizend. Aber der Prez hat ihr auf jeden Fall Dougy als kleine Sonderaufgabe zugewiesen. Was würde ich wohl finden, wenn ich Dougys Sarg öffnen ließe? Irgendeinen kleinen Mafioso mit zerschossenem Gesicht und abgetrennten Fingern?«

»Öffnen Sie so viele Särge, wie es Ihnen Spaß macht. Dougy wurde letzte Woche eingeäschert.«

»Ich war in der Maldavanka«, sagte Isaac, »und hatte dabei eine orangefarbene Hose an.«

»Er ist verrückt«, sagte Sandra.

»Die Leute haben mich mit dem jungen Doug verwechselt.«

»Verlassen Sie mein Haus«, sagte der Captain.

»Die haben mir zerknüllte Dollarscheine zugesteckt… du hast einen Deal mit dem Präsidenten gemacht, stimmt's? Du hast Dougys Tod inszeniert. Dougy sollte ein Schläfer werden, ein U-Boot, aber er ist schnurstracks ins Ödland zurückgekehrt. Hat er vielleicht den Präsidenten in Verlegenheit gebracht? Hat er Leute umgelegt, die er nicht hätte umlegen sollen?«

Captain Knight setzte Isaac vor die Tür, und er landete mit dem Hintern auf dem Asphalt.

Die kleine First Lady ragte über Isaac auf und betrachtete ihn prüfend. »Bist du verletzt?«

»Nein«, sagte Isaac. Und mitsamt seiner Entourage verließ er Scottsdale fluchtartig.

Er konnte Manhattan nicht einen einzigen lausigen Tag verlassen. In seiner Abwesenheit war irgendein Graffitikünstler aufgetaucht und hatte sein Bild auf die Wände verlassener Häuser gemalt. Isaac sah aus wie Che Guevara mit schütter werdendem Haar, aber ohne Schnurrbart oder Vollbart. In Tageszeitungen und Illustrierten tauchten die ersten Geschichten mit Spekulationen über den geheimnisvollen Künstler auf. Für Isaac oder Marianna Storm jedoch war es kein großes Rätsel. Angel Carpenteros war aus seinem Country-Club-Gefängnis abgehauen. Isaac nahm den Hubschrauber. Er musste Angel vor den Latin Jokers finden. Martin Boyle saß neben ihm, als er Manhattan abgraste und hinunter auf die erbarmungslose Geometrie der Straßen starrte.

»Chef, da können wir auch gleich von einem anderen Planeten aus nach einer Kakerlake suchen.«

Isaac suchte und suchte, aber er hatte kein Glück.

Er kehrte in seine Villa zurück. Marianna zerrte an ihm, war nicht bereit, die Karamellkekse zu backen, die Sidel zum Überleben brauchte. Sie war seine eigene kleine Frau geworden. Big Guy wünschte sich, der Wahlkampf würde niemals enden und er würde Marianna niemals an Michael und Clarice zurückgeben müssen. Er mochte es, wenn sie ihn und seine Hausangestellten herumkommandierte. Aber sie wollte das Thema Angel Carpenteros einfach nicht ruhen lassen, dieser kleine Rembrandt, der dafür sorgte, dass Isaac Guevara immer ähnlicher wurde. Angel fing an, ihn mit dem Anflug eines Bartes und mit Baskenmütze auf dem Kopf zu malen.

Seligman brüllte aus dem Hauptquartier der Demokraten. »Finden Sie den Künstler, wer immer es ist. Wir können uns das nicht leisten, Isaac. Das ist ein Republikanertrick. Der Prez versucht, Sie zu einem Roten zu machen.«

»Tja, Timmy, war ich denn nicht der Pink Commish? Pink ist fast rot.«

»Das ist doch Jahre her«, sagte Seligman. »Und wir haben das aus Ihrer Akte getilgt.«

Tims Klagen interessierten Isaac einen Furz. Er war allein Marianna Storm Rechenschaft schuldig.

»Er wird da draußen sterben«, sagte Marianna. »Er ist so unschuldig.«

Isaac brachte es nicht übers Herz, ihr zu sagen, dass Aljoscha mitgeholfen hatte, seine eigene Gang zu zerschlagen.

Wieder stieg er in den Himmel auf, Boyle und Marianna auf Schalensitzen an seiner Seite, und durchkämmte die Bronx. Doch Aljoscha hatte seine Kunst auf Manhattan beschränkt, außerhalb des Territoriums der Jokers. Und als er nicht weit von der Elizabeth Street entfernt Isaac mit einer Baskenmütze und mehr Bart auf die Wände eines Lagerhauses malte, verstand Big Guy, dass Aljoscha nicht einfach nur den Jokers aus dem Weg ging: Er drang tiefer und immer tiefer in die Trostlosigkeit der Stadt vor. Isaac befahl dem Piloten, die Maschine in der Nähe der Maldavanka in der Luft zu halten. Es machte ihm Angst. Vielleicht musste er in dieses blutleere schwarze Herz eindringen, in ein Loch im Universum, das ihn womöglich einsaugen würde. Er wollte so schnell wie möglich fort von hier, aber Marianna bestand darauf, dass sie über der Gegend kreisten.

»Onkel«, sagte sie. »Ich kann ihn spüren. Er ist hier.«

Isaac entdeckte eine verlassene Kirche im Niemandsland zwischen Essex und West River. Er suchte nach Anzeichen von Aljoschas Kunst. Doch da waren keine Bilder von Isaac, weder als Guevara noch als Groucho Marx. Die Mauern der Maldavanka wirkten nackt ohne Aljoscha. Der Junge war nicht ins Niemandsland gekommen. Und Isaac wollte schon umkehren. Er winkte seinem Piloten zu, aber genau in diesem Moment sah er die orangefarbene Hose. Durch die Trümmerlandschaft lief ein Mann. Auf seiner Schulter hockte ein Tier, eine räudige Katze vielleicht, aber Isaac war nicht nahe genug und konnte es nicht genau erkennen.

»Emilio«, schnauzte er den Piloten an. »Wir gehen runter.«

Der Hubschrauber drehte in den Wind und landete auf einem Geröllhaufen. »Wartet hier«, sagte Isaac Boyle und Marianna und sprang wie ein verzweifelter Fallschirmspringer ohne den Seidenschirm auf dem Rücken nach draußen. Er jagte der orangefarbenen Hose hinterher.

»Benya«, murmelte Isaac, und jetzt konnte er auch dieses kahle Tier erkennen; um den Hals des Kerls mit der orangefarbenen Hose hatte sich eine riesige Ratte gelegt. Doug Junior war auferstanden wie Jesus Christus und durchstreifte die Maldavanka, wo ein Mann sich eine Ratte als Haustier halten konnte.

»Dougy«, sagte Isaac.

»Wer hat Sie geschickt?«

Er hatte Stoppeln am Kinn, aber keinen echten Bart.

»Dein Haustier gefällt mir.«

»Er ist eine Scheißratte, und er mag keine Fremden. Wer hat Sie geschickt?«

Die Ratte starrte Isaac mit einer schrecklichen Sehnsucht in ihren roten Augen an. Sie wirkte menschlicher als die meisten Mafiosi, die Isaac schon verhaftet hatte.

»Wie heißt er?«

»Raskolnikow«, sagte Dougy. »Aber er wird nicht mit Ihnen reden.«

»Ah, ein Philosoph, eine sprechende Ratte.«

»Warum auch nicht? Er hat seine eigene Scheißsprache… wer hat Sie geschickt?«

»Ich habe mich selbst geschickt«, sagte Isaac. »Margaret Tolstoi kommt ins Ödland, und sie meint es ernst.«

»Soll sie doch kommen«, sagte Dougy.

»Bist du blöd? Sie jagt fürs FBI.«

»Und schläft mit Calder Cottonwood.«

»Warum hast du deinen Tod vorgetäuscht? Wegen dir musste dein Dad Brooklyn verlassen.«

»Hatte ich denn eine Wahl, Mr. Mayor? Ich gehörte zur Taskforce des Präsidenten. Margaret und ich. Wir haben die Mafia ausgeschaltet. Aber mir war das nicht genug. Die Grundeigentümer wurden habgierig. Sie erhöhten die Mieten in den schlimmsten Drecklöchern, heuerten Schläger an, um die Mieter zu verprügeln. Da musste ich was unternehmen. Ich konnte nicht dasitzen und tatenlos zusehen. Einen der Kerle habe ich umgelegt, hab ihm einen Kopfschuss verpasst. Es tut mir nicht leid. Aber der Prez bekam Angst. Nicht wegen des Mordes. Die Politikos würden seiner heißgeliebten kleinen Taskforce sozialistische Praktiken vorwerfen. Dann habe ich noch einen Eigentümer zusammengeschlagen. Ich habe angefangen, Cops aus dem Viertel zu bestehlen. Sollte ich denn die vielen Großmütter und Babys verhungern lassen? Die Cops haben die Lebensmittelhändler beklaut. Ich habe ihnen nur ihre Beute wieder abgenommen.«

»Ein echter Robin Hood ... mit einer russischen Ratte. Raskolnikow.«

»Hey, machen Sie sich nicht lustig über ihn. Er ist sehr empfindlich.«

»Ich bin auch empfindlich.«

»Aber nicht mehr sehr lange. Wenn Sie erst mal gewählt sind, dann sind Sie genauso ein blödes Arschloch wie Calder. Er hat Dad wegen Captain Bart in die Mangel genommen. Sie sagten, ich müsste verschwinden. Margaret hat sich den Plan ausgedacht, während sie mit Cottonwood im Bett lag. Er war damit einverstanden. Margaret entschied sich für Dad als meinen Henker. Zuerst haben sie irgendeinen Penner gesucht ... «

»Und du solltest das Ödland verlassen, irgendwo in den Westen verschwinden. Aber du konntest deine orangefarbene Hose nicht aufgeben.«

»Nicht, solange die Grundbesitzer und die miesen Bullen voll im Saft stehen.«

»Ich hab's dir doch gesagt, Margaret ist auf dem Weg.«

»Sie ist auch nur so ein Pistolero, Isaac. Sie tut mir leid.«

»Ich könnte dich verhaften. Ich habe den Secret Service bei mir.«

»Ich weiß. Und Marianna Storm. Sie stehen direkt hinter Ihnen.«

Martin Boyle und die kleine First Lady hatten den Hubschrauber verlassen und standen nun bei Sidel. Marianna starrte die Ratte auf Dougys Schultern an. Und genau in diesem Augenblick hörte Isaac Raskolnikow kreischen wie einen Sopran, der in einem Tunnel aus Blech sang. Isaac begriff sofort. Raskolnikow war völlig entzückt. Die Ratte musste sich spontan in Marianna Storm verliebt haben. Ihr ganzer Körper begann zu zucken. Dougy musste brüllen, um gegen das Lied der Ratte anzukommen.

»Sie wollen mich umlegen, Isaac? Das ist die einzige Möglichkeit, wie Sie mich hier wegbekommen.«

Er rieb die Nase der Ratte, und Raskolnikow wurde still. Dann kehrte er Isaac den Rücken zu und ging.

»Onkel«, sagte Marianna, »wer ist dieser Mann?«

TEIL DREI

8

Das Schlachtross kam in die Stadt, Michael Storm, der bei Clarice am Sutton Place South hätte absteigen können. Aber New York war Sidels Revier, und J. Michael musste den Eindruck vermitteln, dass er ein Mann der Vereinigten Staaten war. Das Storm-Sidel-Wahlkampfteam hatte ihm eine Suite im Waldorf gebucht, Michaels Adresse in Manhattan. Michael wollte sein eigenes Königreich, so wie John Fitzgerald Kennedy, der stets im Waldorf gewohnt hatte, wenn er gerade nicht im Weißen Haus war. Aber Michael hatte keinen Milliardärsvater im Rücken, keine Familie aus dem irischstämmigen Bostoner Geldadel. Seine Mom und sein Dad waren Kindergartenerzieher. Er hatte den Baseball gerettet, hatte einen wilden Streik geschlichtet, aber er war nur ein ehemaliger radikaler Student, der ein bisschen nach rechts geschwenkt war.

Wenn er gekonnt hätte, dann hätte er Sidel umbringen lassen. Sidel vergiftete seine zukünftige Präsidentschaft. Ohne den Sheriff aus der Lower East Side würde er allerdings nie gewinnen. Er hinkte in sämtlichen Meinungsumfragen deutlich hinter seinem designierten Vize hinterher. Und dieses Wissen ließ ihm keine Ruhe. Seligman putzte Michael heraus, wollte, dass er vor einer internationalen Optikervereinigung sprach, die das Waldorf quasi übernommen hatte. Michael musste nicht mal das Hotel verlassen. Aber er wollte nicht, dass Isaac mit seiner Glock in der Stadt herumschwirrte. Er befahl Seligman, Isaac unter Hausarrest zu stellen. Der Bürgermeister war ein Gefangener in seiner eigenen Villa.

Isaac wehrte sich nicht. Er konnte durchaus eine Weile außerhalb des Traums von Politik leben. Es war sein erster Urlaub seit Jahren. Aber er musste einfach immer wieder an Doug Junior denken, diesen auferstandenen Christus.

Die Maldavanka kam ihm mehr wie ein Zuhause vor als die Gracie Mansion. In seinem Kopf schickte Big Guy Armeen auf den Weg. Er würde das Revier in der Elizabeth Street schließen, Margaret Tolstoi retten und Aljoscha finden. Aber solange Michael in der Stadt war, konnte er sich nicht bewegen.

Der Baseballzar rief aus dem Waldorf an. Er wollte nicht mit Isaac sprechen. Er knurrte, bis Marianna an den Apparat kam.

»Du besuchst mich nie«, sagte Michael. »Ich bin dein Dad.«

»Ich suche Aljoscha.«

»Diesen Balg, den Muralisten?«

»Er ist verschwunden.«

»Klar«, sagte Michael. »Für einen verschwundenen Jungen richtet er ganz schön viel Schaden an. Er sabotiert meinen Wahlkampf. Er malt Sidel. Warum nicht mich?«

»Du bist nicht sein Held«, sagte Marianna.

»Wer bezahlt ihn? Das FBI oder das Komitee zur Wiederwahl von Cottonwood?«

»Ich lege gleich auf, Vater, wenn du weiter so redest.«

»So förmlich zu deinem eigenen Scheiß-Vater? Gib mir Sidel.«

Marianna reichte das Telefon an Isaac weiter, der seit dem Nominierungsparteitag nicht mehr mit J. Michael geredet hatte. Michael sagte seinem Vize nicht mal guten Tag.

»So kümmerst du dich also um mein kleines Mädchen, du Arschloch?«

»Was ist dir denn über die Leber gelaufen, J.? Bin ich dir nicht gefügig genug? Ich sitze hier wie eine brave, dressierte Ratte. Bist du nicht glücklich?«

»Sorg dafür, dass mein kleines Mädchen in einer halben Stunde im Waldorf ist. Sonst nehme ich sie dir weg, das schwöre ich, bei Gott. Keine Kekse mehr, Isaac.«

Michael legte auf, und Isaac musste Marianna Storm anflehen. »Wenn du nicht auf ihn hörst, müssen wir alle leiden.«

»Onkel Isaac, er hat versucht, meine Mom umzubringen.«

»Psst«, machte Isaac. »Hundert verschiedene Dienste könnten mein Telefon anzapfen.«

»Er hat doch Bernardo Dublin angeheuert, oder nicht? Und Mom ist ja so was von erbärmlich, sie konnte sich nur in einen Mann verlieben, der sie umbringen wollte.«

»Marianna, bitte.«

»Was denn? Bernardo ist doch ihr Geliebter und ihr Leibwächter?«

»Wenn du nicht zu Michael gehst, werde ich dich verlieren. Ich bin nicht dein Vormund. Ich habe keinerlei rechtliche Ansprüche. Und was mache ich dann hier? Ein alter Mann, der ich bin.«

»Was ist mit Aljoscha?«

»Ich setze Boyle auf den Fall an. Der Secret Service wird ihn finden.«

»Boyle weiß nicht mal, wie Aljoscha aussieht.«

»Wir borgen ihm ein Foto.«

»Wir haben aber keines, Liebling.«

»Komm schon, der Junge steht doch in den Akten der Bronx Brigade.«

»Warum sollte die Polizei ein Foto von Aljoscha haben?«

»War er nicht Mitglied der Jokers? Nun, die Cops haben die komplette Gang fotografiert ... komm, auf geht's.«

Und Marianna fuhr mit ihrem Secret-Service-Mann runter zum Waldorf. Raskolnikow tauchte immer wieder vor ihrem geistigen Auge auf, die Ratte, die sich wie ein Affe an den Hals eines Mannes klammern konnte, aber der Affe, an den sie sich erinnerte, hatte solch leidende Augen ...

Das Waldorf konnte sie nicht beeindrucken, selbst wenn es einen ganzen Block einnahm und ausufernd wie ein Ozeandampfer war, gestrandet in einem toten Meer, das er verschlungen hatte. Sie wusste, dass Präsidenten dort abstiegen und dass in den Türmen exzentrische Millionäre lebten, die das Waldorf nie verlassen mussten. Sie rannte die mit grünem Teppich ausgelegten Stufen auf der Park-Avenue-Seite des Hotels hinauf, Joe Montaigne dicht hinter ihr. Am oberen Ende der Treppe standen frische Schnittblumen in winzigen Vasen auf Tischen. Marianna warf nicht einmal einen flüchtigen Blick auf die Gemälde an den Wänden, allerdings registrierte sie die gelangweilte Pianistin, die wie ein Engel, der von unsichtbaren Fäden in Positur gehalten wurde, auf ihrer Bank auf der Cocktail-Terrasse saß.

Secret-Service-Männer mit Ohrstöpseln beherrschten die Lobby. Sie zwinkerten Joe Montaigne zu und flüsterten in Knopfmikrofone an ihren Revers. Als sie Marianna erkannten, kam es um ein Haar zu einem Aufstand. »Die kleine First Lady, die kleine First Lady.« Joe Montaigne musste sie schnell in eine Fahrstuhlkabine bugsieren, die sie ganz nach oben brachte.

Sie verließ die Kabine und wurde von anderen Secret-Service-Männern mit Ohrstöpseln begrüßt. Sie begleiteten Marianna zu Michaels Suite, während Montaigne vor der Tür wartete.

Tim Seligman saß vor dem Fenster in einem Zimmer, das eher eine riesige Terrasse war. Sie hätte aus einem der Fenster schweben und sich auf einen der Wasserspeier des Chrysler Building setzen können. So fühlte sich Marianna. Tim war in Gesellschaft einer Blondine, die Michaels Häschen sein musste. Sie umklammerte ein Notizbuch und hatte einen apathisch-verwirrten Ausdruck im Gesicht.

»Marianna, darf ich vorstellen, das ist Gloria, die neue Sekretärin deines Vaters.«

Gloria blinzelte. Die Abwesenheit in ihren Augen erinnerte Marianna immer mehr an Raskolnikow.

»Wo ist der Kandidat?«

»Im Bett. Er hat einen Moralischen.«

»Und warum, bitte sehr, bin ich dann herzitiert worden, Mr. Seligman? Bin ich seine Krankenschwester oder was?«

»Schätzchen«, sagte Tim, »du bist für uns von unschätzbarem Wert. Das Land ist verrückt nach dir. Ich hatte gehofft, du könntest ihn etwas aufheitern.«

»Ich bin unmenschlich, ganz aus Eis. Hat Daddy dir das nicht erzählt?«

»Aber du bist unsere letzte Rettung. Wenn wir ihn nicht aus dem Bett bekommen und runter zu diesem Optikerkongress, stecken wir bis zum Hals in der Scheiße.«

»Wo ist er?«, fragte Marianna und sah zu Gloria mit den abwesenden Augen.

Seligman öffnete eine Tür, und Marianna ging in Michaels Schlafzimmer. Ihr Dad lag unter der Decke in einem extragroßen Bett. Er sah aus wie ein Käfer.

»Baby«, flüsterte Michael. Er hatte geweint. »Ich fühle mich so einsam. Ich werde die Wahl gewinnen, und ich werde der Präsident sein, den eigentlich niemand will. Immer heißt es nur Sidel, Sidel, Sidel.«

»Hast du dein Valium genommen?«

»Taugt nichts. Wie Pfefferminzbonbon.«

»Und was ist dann die Lösung? Seligman könnte dir ein Bett in einer netten, gemütlichen Klinik suchen, aber wie willst du von dort aus deinen Wahlkampf führen?«

»Du könntest mich ein bisschen liebhaben. Das wäre ein Anfang.«

»Sag mir, dass du Bernardo Dublin nicht angeheuert hast, um Mom aus dem Fenster zu werfen.«

»Ich war durcheinander«, sagte Michael. »Aber ich dachte mir schon, dass Clarice sich in ihn verlieben würde.«

»Das war nur eine wilde Vermutung«, sagte Marianna. »Er ist nicht angeheuert worden, damit sie sich in ihn verliebt, obwohl ich zugeben muss, dass er süß ist. Und unter den gleichen Umständen hätte ich mich wahrscheinlich auch in ihn verliebt.«

»Hör auf damit. Du bist mein kleines Mädchen.«

»Raus aus dem Bett. Jetzt sofort.«

»Ich kann nicht. Ich bin gelähmt. Meine Füße sind eiskalt.«

Marianna zog ihrem Dad die Bettlaken weg. Er trug einen seidenen Schlafanzug. Seine Füße waren überhaupt nicht eiskalt.

»Möchtest du, dass diese Tussi dich anzieht? Oder soll ich den Secret Service reinrufen?«

»Welche Tussi? Wer bringt dir überhaupt solche Worte bei?«

»Mom«, sagte Marianna. »Sie redet gern von deinen Tussis und deinen Mäuschen. Ist ihr Lieblingsthema.«

»Ohne Gloria könnte ich nicht überleben. Sie führt für mich über alles Buch.«

»Wo denn? In welchem Teil ihrer Anatomie?«

»Hör auf damit. Benimm dich.« Und Michael brüllte los. »Gloria, komm her!«

Die Blondine stürzte ins Schlafzimmer. Sie hatte einen sagenhaften Körper, das musste Marianna zugeben. Aber Clarice hatte viel mehr Charakter, auch wenn sie im Bann eines Detective stand, der es auf Mord abgesehen hatte.

Die Blondine streifte Michaels Schlafanzug ab, wusch Michael J. rasch mit einem Schwamm, kämmte sein Haar, zog ihm ein frisches weißes Hemd an und knöpfte es zu, wählte einen dunklen Anzug und eine dazu passende Krawatte mit Paisleymuster, und Michael sah tatsächlich fast wie ein Mann aus, der Präsident sein könnte.

»Das ist nicht fair«, sagte Michael. »Ich bin im Waldorf. Sollte ich nicht die Präsidentensuite haben? Die haben gesagt, Calder könnte verschnupft reagieren. Stell sich einer so was vor. Jeder Normalsterbliche kann sie haben, wenn er den geforderten Preis dafür zahlt, nur ich nicht.«

»Vater, was beschwerst du dich? Du wirst diese Suite schon sehr bald erben. Bis es so weit ist, genießt du jeden erdenklichen Luxus. Es ist immer noch das Waldorf.«

»Ich weiß, ich weiß. Aber ich wollte an FDRs Schreibtisch sitzen. Der steht in der Suite.«

»FDR, wer ist das?«, fragte die Blondine.

Marianna beachtete sie nicht, aber Michael gab ihr einen kleinen Kuss auf die Nasenspitze.

»J.«, sagte Gloria, »darf ich nicht mit dir runterkommen und mir deine Rede anhören?«

»Und einen Skandal lostreten? Tim würde uns umbringen. Du wartest schön hier oben auf mich.«

»Aber darf ich nicht einfach zuhören, J.? Ich gehe auch ganz bestimmt niemandem auf die Nerven. Ich bin still wie ein Mäuschen.«

Mit einem Mal tat die Blondine Marianna leid. »Ich werde mit ihr hingehen. Gloria kann sich zu mir setzen. Wir sagen einfach, sie ist beim Secret Service.«

Und so marschierte sie mit Gloria und Michael aus dem Zimmer. Tim fing an zu toben. »Gloria kommt nicht mal in die Nähe des Ballsaals.«

»Ach was. Mr. Seligman, Gloria ist mein Gast.«

»Bei all den Reportern, die hier herumschwirren? Auf Gerüchte über eine kaputte Ehe kann ich nun wirklich gut verzichten. Gloria bleibt hier.«

Marianna konnte die Traurigkeit und plötzliche Lebendigkeit in Glorias Augen kaum ertragen. Tim schaffte sie eilends aus der Suite, während Michaels Gruppe mit einem Privatfahrstuhl zum Grand Ballroom hinunterfuhr. Marianna war noch nie zuvor an einem solchen Ort gewesen. Es gab zwei Ränge und ein Meer von Kronleuchtern, wie in der Oper. Die Beleuchtung war gedämpft. Im Waldorf gab es keinen grellen Glanz. Niemals.

Sie musste mit Tim und ihrem Dad auf die Bühne. Die Leute saßen an langen Tischen, die sich über den Ballsaal erstreckten wie ein halb lebendiges Teleskop. Die Optiker und ihre Frauen starrten ausnahmslos Marianna an. Sie würde keine

Show für sie hinlegen. Marianna war nicht in der Stimmung. Ihre Gedanken waren noch bei Raskolnikow.

Tim stellte dem Saal ihren Vater vor, aber Marianna hörte nicht zu. Sie fing nur Brocken auf. »... Held unserer Zeit ... J. Michael Storm ...«

Die Optiker klatschten. Ihr Dad machte ein kleines Tänzchen, lächelte Marianna an, umklammerte die Seiten des Pults und lieferte eine Rede, die Tim für ihn geschrieben haben musste. Er schwafelte über die immense Bedeutung der Optometrie für die gesamte Nation. Marianna wurde übel. Sie wollte schreien. Ein schreckliches Schwindelgefühl hatte sie ergriffen, während ihr Dad monoton weiterleierte. Aber wenn sie von der Bühne stürzte, würden die Umfragewerte ihres Vaters ins Bodenlose fallen.

Irgendwie überlebte sie die Rede. Dann verschwand sie sofort, lief ihrem Secret-Service-Mann weg und sprang in ein Taxi.

»Maldavanka«, sagte sie. »Und bitte, beeilen Sie sich.«

Der Fahrer erkannte Marianna Storm nicht. Er war ziemlich misstrauisch. »Welche Maldavanka? Wo soll das sein? In Brooklyn? In der Bronx?«

»In Manhattan«, sagte Marianna.

»So ein Viertel gibt's hier nicht. Maldavanka.«

»Liegt in der Nähe der Elizabeth Street.«

»Das ist Chinatown.«

»Ja, vielleicht«, sagte Marianna. »Aber es ist auch die Maldavanka.«

Der Fahrer setzte sie in der Nähe des Polizeireviers ab. Marianna wühlte in ihrer Tasche, kramte das nötige Geld heraus, während sie von den Cops auf den Stufen des Reviers skeptisch beäugt wurde. Lange blieb sie nicht. Sie schlenderte nach Osten, in das Ödland hinein, unentwegt eine gebildete Ratte vor Augen.

Die Gebäude, ganze Straßen begannen zu verschwinden. Sie ging durch eine Art endloses Trümmerfeld. Es gab nicht viele Wände, auf denen Aljoscha seine Kunst hätte malen können. Sie hörte ein pfeifendes Geräusch. Hinter ihr standen drei sonderbar gekleidete Männer, wie Soldaten oder Matrosen, die zugleich Clowns waren. Trotz der Sommerhitze trugen sie lange Hüte und Wintermäntel und an den Füßen Springerstiefel mit abgebrochenen Absätzen. Um ihre geröteten und wunden Hälse hatten sie sich bunte Taschentücher gebunden.

Sie flirteten mit Marianna. »Hallihallöchen, Süße.«

Doch sie erwiderte den Flirt nicht. Sie kamen nah an sie heran, Weinflaschen hingen ihnen aus ihren großen Taschen.

»Momento, Schwester. Wir machen 'ne geführte Tour mit dir.«

Sie streckten ihre schmutzigen Griffel nach ihr aus. Sie fauchte sie an. Doch sie umzingelten Marianna, und sie konnte nicht weglaufen.

»Wir wollen doch nur spielen, mehr nicht. Kannst du uns nicht 'nen heißen Bauchtanz hinlegen und dabei ein paar von deinen Klamotten ausziehen?«

Sie rissen ihr die Tasche von der Schulter, schubsten sie zu Boden, zogen ihre Hüte ab und ragten mit geschwollenen Gesichtern über ihr auf.

Und dann schien die Zeit stehen zu bleiben. Sie verharrten reglos, gebannt von einem metallischen Quietschen, das Mariannas Trommelfelle zu zerreißen drohte. In Sekundenbruchteilen stürzten sich zwei Klauen mit Augen und rasiermesserscharfen Zähnen auf sie wie ein kleines Monster, das gelernt hatte, ohne Flügel zu fliegen. Es war Raskolnikow.

Während sie durch die Luft fegte, biss die Ratte in ihre Gesichter. Die drei Männer jaulten auf und wollten weglaufen. Dann blieben sie wie angewurzelt stehen und sanken auf die Knie. »Maestro«, sagten sie, »Maestro, wir wollten Euer Tier nicht verstimmen. Seht Euch ihre Kleidung an. Woher sollten wir wissen, dass Raskolnikow eine reiche Freundin hat?«

Und da erblickte sie den Geächteten in der orangefarbenen Hose, mit Raskolnikow auf der Schulter.

»Haltet den Mund«, sagte er zu den drei Männern, »und geht mir aus den Augen.«

Sie wollten die Hand des Geächteten küssen, doch Raskolnikow kreischte sie an, und sie liefen davon.

Der Geächtete half Marianna auf. »Wir wurden uns noch nicht vorgestellt«, sagte er. »Ich bin Douglas Knight Junior. Eigentlich sollte ich gar nicht mehr leben.«

»Wer waren diese Männer?«

»Schwächlinge ... Saufbrüder.«

»Arbeiten die für Sie?«

»Nein, ich müsste sie eigentlich beseitigen. Aber ich kann ja nicht jeden umbringen.«

»Warum wird diese Gegend hier die Maldavanka genannt? Es gibt keine Maldavanka in Manhattan. Das hat mir ein Taxifahrer so gesagt.«

»Nun, Taxifahrer könnten sich irren. Es ist ein Name aus einem Buch. So ähnlich wie Camelot. Aber es gab früher tatsächlich mal eine Maldavanka. In einer Stadt am Schwarzen Meer. Ich weiß nicht, ob es diese Maldavanka immer noch gibt.«

»Es ist nach Manhattan umgezogen?«

»So ungefähr.«

»Haben Sie meinen Verlobten gesehen? Angel Carpenteros. Er nennt sich Aljoscha. Er malt Bilder von Onkel Isaac an Hauswände.«

Er lachte. »Mit den Augen von Che Guevara? Nein, nein, ich habe ihn nicht gesehen. Komm, lass uns was essen.«

Sie betraten einen kleinen Imbiss inmitten der Ruinen. Der Geächtete musste nichts bestellen. Reis und Bohnen wurden gebracht, dazu etwas Schinken, getoastetes Brot, ein Salat und eine Flasche dunkles Bier.

»Trink mit mir«, sagte der Geächtete und schenkte aus seiner Flasche ein. »Wir sind im Ödland. Wir müssen uns nicht ans Gesetz halten.«

Marianna trank das Bier. Sie rülpste einmal und entschuldigte sich. »Warum solltest du nicht mehr leben?«

»Weil ich einen Aufstand gemacht habe. Ich wollte Dinge verändern. Ich musste einigen Leuten wehtun. Und auf einmal hatte ich die ganze verdammte Regierung an der Backe. Es ist eine lange Geschichte. Ich hab mal für den Präsidenten gearbeitet.«

»Präsident Cottonwood interessiert sich für die Maldavanka?«

»Ach was. Er wollte nur Punkte machen. Aber mir liegt was dran. Also mussten sie so tun als ob…«

»So tun als ob?«

»So tun, als ob sie mich umgelegt hätten. Ich habe versprochen, das Ödland zu verlassen. Als Gegenleistung bekam ich ein fettes Bankkonto und einen anderen Namen. Melvin oder Marvin, kann mich nicht mehr erinnern. Aber ich konnte nicht gehen. Und jetzt haben sie einfach aufgehört, so zu tun als ob.«

»Dann solltest du mitkommen und bei uns wohnen. In der Gracie Mansion. Onkel Isaac wird dich aufnehmen.«

»Marianna«, sagte der Geächtete, »mein Zuhause ist hier.«

Und sie konnte nicht mit ihm streiten. Männer und Frauen kamen zu dem Geächteten, ließen zerknitterte Dollarscheine auf seinen Schoß fallen. »El Señor«, sagten sie. Sie grüßten Marianna, nannten sie »La Señora.«

»El Señor«, wiederholte Marianna. »Was hat das ganze Geld zu bedeuten?«

»Sie glauben, ich bin ihr Retter. Also füttern sie mich mit Dollarscheinen. Um den Armen zu helfen. Ich bin eine wandelnde Sammelbüchse.«

»Aber warum sind die Dollars allesamt zerknittert?«

»Um dem Teufel ein Schnippchen zu schlagen... der Teufel mag kein zerknittertes Geld. Er kriegt Sodbrennen davon.«

»Darf ich dich wieder einmal besuchen?«

»Natürlich. Beim nächsten Mal wirst du keine Probleme mehr bekommen. Sie haben dich jetzt mit mir gesehen. La Señora.«

Raskolnikow hüpfte von der Schulter des Geächteten und richtete sich auf den Hinterbeinen auf. Er bettelte um Bier. Der Geächtete gab ihm aus der Flasche zu trinken, wie einem Baby. Raskolnikow schleckte das Bier und sah Marianna in die Augen.

»Darf ich ihn anfassen?«, fragte sie.

»Klar. Er wird gern gestreichelt. Allerdings nicht von Fremden.«

Sie rieb den kahlen Kopf der Ratte. Raskolnikow gurrte sanft mit seiner blechernen Stimme und schloss die Augen. Dann sprang er unter den Tisch und rannte zwischen Mariannas Knöcheln herum.

»Ganz ruhig«, sagte der Geächtete, und Raskolnikow wickelte seinen Schwanz um ein Tischbein, hing wie eine Fledermaus mit dem Kopf nach unten. »Du hast ihn aufgeregt. Normalerweise ist er nicht so.«

Sie drückte dem Geächteten einen Kuss auf die Wange, verabschiedete sich von Raskolnikow, und einer der Männer aus dem Imbiss fuhr sie hinauf zur Gracie Mansion.

Der Secret Service war stinksauer auf Marianna. »Wir haben uns Sorgen gemacht«, sagte Montaigne. »Wir dachten, schon wieder eine Entführung. Du kannst nicht einfach so abhauen, wir müssen dich immer auf dem Radar haben, verstehst du?«

»Du hast doch gar keinen Radar, Joe«, sagte sie und ging hinaus auf die Veranda, wo sie sich in einen Schaukelstuhl neben Isaac setzte, der immer noch unter Hausarrest stand, verheiratet war mit seiner eigenen Villa, während J. Michael in der Stadt weilte.

»Sindbad«, sagte Isaac und starrte auf das Wasser am Hell's Gate hinaus. Er wusste nicht einmal, dass Marianna noch lebte. »Sindbad.« Er redete mit dem Meer. Marianna sagte nichts. Ihrem eigenen, persönlichen Seemann widersprach sie nicht.

9

Sindbad wollte nicht, dass Dougy wieder und wieder und wieder starb. Er konnte nicht übers Wahlkämpfen nachdenken. Falls Margaret den jungen Doug umlegte, würde er es ihr mit gleicher Münze heimzahlen müssen. Doch wie konnte Sindbad die Frau umlegen, die er liebte? Er würde ihre Laufbahn als Jägerin kurzschließen müssen, sie an Bull Latham und dem FBI vorbeischieben. Sie könnte beim Prez die Scheherazade spielen, ihm Geschichten erzählen über sich und Isaac. Er würde lernen, damit zu leben. Aber er würde sich dieses Gespenst schnappen müssen, diesen Ferdinand Antonescu, der Hitler, Stalin, Chruschtschow und den Kalten Krieg überdauert hatte, der schon vor Jahren in der Hölle hätte verschwinden sollen, wie durch ein Wunder aber immer noch lebte. Isaacs Netzwerke waren eingefroren. Er war ein Bürgermeister ohne jeden Kontakt zu all den kleinen Nachrichtendienstteams, die um ihn herum aufgebaut worden waren, als er noch der Commish war. Er musste sich auf seinen Secret-Service-Mann verlassen, musste hoffen, dass Boyle verstand, dass seine weitere Karriere von Isaac abhing.

Er erwachte aus seiner Apathie, stopfte sich die Glock in die Hosentasche und rief Martin Boyle. »Boyle, ich brauche deine Hilfe bei der Suche nach einem Kriegsverbrecher. Ferdinand Antonescu. Er versteckt sich irgendwo in Virginia. Das Bureau hat ihn auf Eis gelegt. So schafft es Bull, dass Margaret nach seiner Pfeife tanzt. Er und der Prez haben sie am Gängelband. Würdest du bitte sämtliche Sanatorien in der Nähe von Alexandria nach Onkel Ferdinands Adresse abgrasen?«

»Kein Problem. Ich bin Antonescu schon mal begegnet. Er ist ein kalter Fisch.«

»Der Schlächter von Bukarest? Du bist ihm schon mal begegnet? Wie? Wo?«

»Im Riverrun Estates. Das ist ein piekfeines Pflegeheim. Millionäre, senile Filmstars und Dinosaurier-Generäle. Ich war Margarets Chauffeur. Der Prez hatte mich gebeten, sie zum Riverrun zu fahren. Als persönliche Gefälligkeit.«

»Super«, sagte Isaac. »Dann wiederhole die Gefälligkeit. Für den alten Isaac. Fahr mich hin. Ich will mir diesen Schlächter schnappen, diesen verfluchten Drecksskerl. Ihn in die Gracie holen.«

»Das ist ein Hornissennest, Sir. Riverrun ist so gut abgesichert wie Fort Knox. An diesem Ort lagert viel zu viel Geschichte. Für eine Menge Leute, Sir, ist es die letzte Anschrift, die sie je haben werden.«

»Tja, dann werden wir wohl mal eine Ausnahme machen müssen, Boyle. Antonescu gehört mir.«

»Sir ...«

»Boyle, wer wird im November gewinnen?«

»Die Demokraten, Mr. President.«

»Liegt deine Zukunft bei Cottonwood oder bei Isaac Sidel?«

»Sidel, Sir.«

»Dann wirst du mein Vergil sein müssen.«

»Verstehe ich nicht.«

»Vergil führte einen Dichter namens Dante Alighieri durch die Hölle.«

»Die Hölle ist ein Zuckerschlecken, Sir, ein einziger Witz, verglichen mit dem Riverrun. Da wimmelt's nur so von Geheimagenten … wahrscheinlich verliere ich meinen Job.«

Sie stiegen in den Metroliner. Beide trugen sie dunkle Sonnenbrillen und sahen aus wie zwei Auftragskiller. Sie mieden den Speisewagen, mieden andere Passagiere, aßen Sandwiches auf ihren Plätzen. Isaac wollte nicht, dass ihm die Stigmata seiner Kandidatur in Cottonwoods Stadt folgten. In und um D.C. musste er anonym bleiben. Sie trafen in der Union Station ein mit ihren dunklen Brillen, keiner von ihnen trug eine Aktentasche in der Hand. In einem Taxi fuhren sie hinaus nach Alexandria. Isaac setzte die dunkle Sonnenbrille ab.

»Sindbad«, sagte der Fahrer, »schön, Sie kennenzulernen.«

Isaac stöhnte.

»Sie sind das Beste, was diesem Land passieren konnte. Ich hab mein Leben lang die Republikaner gewählt, aber diesmal wechsel ich. Der Präsident taugt einfach nix. Er hat uns im Stich gelassen. Der weiß nicht mal, was heutzutage die Milch kostet.«

Der Fahrer wollte Isaac nicht erlauben, für die Fahrt zu zahlen. »Nehmen Sie's als Spende … von einem wiedergeborenen Demokraten.«

Isaac betrat Riverrun, das über einen eigenen Park entlang des Potomac verfügte. Es war ein herrliches Anwesen mit einem englischen Garten. Wie würde er Onkel Ferdinand davon überzeugen können, dieses beschissene kleine Paradies zu verlassen?

Die Ärzte und Krankenschwestern schienen von seiner Ankunft zu wissen. Boyle wartete im Foyer, und Isaac ging hinauf zu Ferdinands Zimmer. Der alte Mann saß nicht im

Rollstuhl. Er trug ein violettes Tuch in seiner Brusttasche, erwartete ihn neben der Tür, stand mit fünfundachtzig in voller Blüte. Die Unverfrorenheit dieses Einstecktuchs entwaffnete Isaac. Es schien zu verkünden, dass Ferdinand immer noch ein sexuelles Wesen war. Isaac war verrückt vor Eifersucht. Der Verbrecher hatte Margaret vor nahezu fünfzig Jahren in sein Bett geholt. Er reichte Isaac eine Tasse Tee und ein Stück Schokoladenkuchen.

Isaac war ausgehungert. Er verschlang das Stück Kuchen, bevor er auch nur Hallo sagte.

»Ferdinand, Sie haben keine Wahl. Sie kommen mit mir.«

»Ich bewundere Ihre Direktheit, Monsieur. Ich wünschte, wir hätten in Transnistrien Männer wie Sie gehabt. Vielleicht hätten wir dann den Krieg gewonnen.«

Isaac hätte ihn am liebsten erwürgt. Ferdinand war der Vizekönig des Marionetten-Königreichs der Nazis am Schwarzen Meer gewesen. Er hatte seinen Schneider und eine Handvoll jüdischer Aristokraten gerettet, dafür aber Zigeuner und Waisenkinder ermordet und sich wie ein beschissener Kannibale von ihrem Fleisch ernährt. Margaret hatte die gleichen Waisenkinder gegessen, um nicht zu verhungern. Einem zwölfjährigen Mädchen konnte Isaac vergeben, nicht jedoch Antonescu.

»Sie sind ein Zuhälter«, sagte er.

Antonescu lächelte. »Monsieur, man hat mich schon mit erheblich schlimmeren Beleidigungen bedacht als dieser.«

»Hören Sie auf mit dem Scheiß. Sie müssen nicht galant sein. Wir sind hier nicht in Paris, und ich bin für niemanden der *Monsieur*. Ich bin...«

»Sindbad der Seefahrer. Ich halte mich auf dem Laufenden, Monsieur.«

»Margaret leistet Frondienste fürs FBI, arbeitet in der Horizontalen, und Sie haben dieses kleine Herrenhaus hier zu Ihrer freien Verfügung.«

»Sie sind ein sentimentaler Mensch, Monsieur. Margaret liebt es, in der Horizontalen zu arbeiten.«

»Und wer hat sie ausgebildet?«

»Sie war keine so unwillige Schülerin.«

»Halten Sie verdammt noch mal die Schnauze. Sie kommen mit.«

Der Schlächter von Bukarest lächelte wieder. »Wie könnte ich mich Ihnen widersetzen, Monsieur Sidel? Sie sind der jüngere Mann. Aber ich habe selbst zu klagen. Margaret erwähnt zwar ihre anderen Liebhaber, aber Sindbad den Seefahrer erwähnt sie niemals. Sie sind ihr großes Geheimnis.«

»Wer hat Ihnen denn dann von uns berichtet, Onkel Ferdinand?«

»Das Bureau ist wie ein Haufen alter Waschweiber. Können gar nicht damit aufhören, von dieser erstaunlichen Liebesgeschichte zu erzählen. Ich bin derjenige, der verletzt und gekränkt wurde. Und ich bin in diesem Haus eingesperrt.«

»Dann kommen Sie mit Sindbad. Und Margaret wird für das Bureau nicht mehr die Killerin spielen müssen.«

»Warum sollte ich die Villen tauschen, Monsieur? Wir würden uns dauernd über den Weg laufen. Und es könnte sein, dass ich Ihnen den Schädel einschlagen möchte. Es bedarf nicht viel, um meine mörderische Seite ans Licht zu holen ... nein, ich denke, ich werde im Riverrun bleiben.«

»Irrtum«, sagte Isaac. Er packte Antonescu am Ärmel. Der alte Mann wehrte sich nicht. Er ging mit Isaac nach unten. Martin Boyle war fort. Aber andere Secret-Service-Männer umringten Pamela Box, die in einem eleganten Sessel saß, in dessen Armlehnen Elefanten geschnitzt waren. Sie gewährte Isaac einen flüchtigen Blick auf ihre langen, muskulösen Beine. Pam musste mit dem Prez Badminton auf dem Rasen des Weißen Hauses gespielt haben. Ihr Mann war ein alkoholabhängiger Professor-Poet, der für Calder Cottonwood Reden schrieb. Gelegentlich lehrte er an der Georgetown, und er hatte im Weißen Haus ein eigenes Mansardenzimmer ganz für sich allein. Professor Jonathan Box. Und wenn Pamela mit dem Präsidenten nackt durch die Gegend tollte, flößte der Secret Service Jonathan Gin ein, beförderte ihn in den Vollrausch. Calders Frau war während seines zweiten Amtsjahres verstorben. Sie war schon krank gewesen, als sie im Weißen Haus ankam, und der Secret Service hatte nie irgendwelche logistischen Probleme mit der First Lady gehabt. Pamela schwang das Zepter in der Pennsylvania Avenue, und sie war außerdem die Königin von Riverrun, mit ihren blonden Haaren und blauen Wimpern und ihrem Korps getreuer Secret-Service-Männer.

»Wo ist Boyle?«, fragte Isaac.

»Keine Sorge. Sie bekommen ihn zurück. Aber er war ein ungezogener Junge, Sidel. Er hätte Sie nicht herbringen dürfen. Hallo, Ferdinand. Sind Sie mit dem Bürgermeister geschlafwandelt?«

»Nein, Madame. Er beabsichtigte, mich zu stehlen. Ich sagte ihm bereits, dass es ein törichter Plan ist.«

»Aber Sie hätten auch schreien können.«

»Meine Lungen sind bereits wie Papier, Madame. Und ich hatte so eine Vermutung, dass ich Ihnen unten an der Treppe begegnen würde.«

»Wir sind alle sehr stolz auf Sie, Ferdinand. Gehen Sie jetzt wieder zurück auf Ihr Zimmer. Ich habe Verschiedenes mit Sidel zu besprechen.«

»Sie sollten mich nicht wie ein kleines Kind behandeln, Madame. In Odessa hatte ich meinen eigenen Geheimdienst.«

»Ich weiß. Mit Armbinden der Gestapo.«

Antonescu drehte sich um und ging nach oben.

Pamela steckte sich einen Zigarillo an. Ihrem Blick nach zu urteilen, war sie am Ende ihrer Geduld angelangt.

»Calder gefallen Ihre Tricks gar nicht. Kommen Sie nie wieder her.«

»Dann hätte er nicht meine Stadt als Versuchslabor missbrauchen dürfen.«

»Ihre Stadt? Er ist Präsident der Vereinigten Staaten.«

»Das gibt ihm nicht das Recht, Cops zu Vernichtungsteams auszubilden.«

»Er ist nicht der Schlächter von Bukarest. Er hat ein Gebiet gesäubert, in dem es von Kriminellen nur so wimmelte. Er hat geholfen, einen Musterbezirk zu schaffen.«

»Warum ist dann jeder so versessen darauf, Dougy Knight umzubringen?«

»Er war ein Joker. Der Präsident hat ihm seine Chance gegeben. Er hätte nicht in diese Ruinen zurückkehren dürfen. Und offiziell ist er doch tot, Sidel, nicht wahr?«

»Dann macht Margaret jetzt also Jagd auf einen Unsichtbaren.«

»Haben Sie eine bessere Idee? Möchten Sie, dass NBC ihn interviewt? Er ist Ihr Baby, Sidel. Sorgen Sie dafür, dass er von der Straße verschwindet, oder wir werden ihn Mrs. Tolstoi überlassen müssen.«

»Mrs. Tolstoi«, murmelte Isaac. »Sie meinen Madame Antonescu, Ferdinands Braut.«

Pamela krümmte einen Finger. Es war ein Zeichen für ihre Secret-Service-Männer. Sie verschwanden, ließen Pamela mit Isaac im Foyer des Riverrun allein zurück. Sie blinzelte wie Kleopatra mit blauen Wimpern.

»Sidel, tasten Sie mich ab, sehen Sie nach, ob ich verkabelt bin … haben Sie keine Angst.«

Sie erhob sich aus dem Sessel, ergriff Isaacs Hände, legte sie auf ihren Körper. Er hätte eine Landkarte erkunden können. In ihrem Fleisch lag nicht die geringste Elektrizität. Sie war Calders schöne, gerissene Geliebte und seine Stabschefin.

Er zog seine Hände aus Pamelas Fingern zurück. »Sie können von mir aus verkabelt sein, soviel Sie wollen, Mrs. Box.«

Sie gab Isaac eine Ohrfeige. Ihm taten die Zähne weh. Er lutschte an dem Salz, das sich mit seinem Blut vermischte. Sie besaß keine Macht über ihn. Er hasste ihre blauen Wimpern.

»Sidel, wir können einen Wahlkampf führen oder den totalen Krieg. Sie haben eine Frau auf den Florida Keys, oder haben Sie Countess Kathleen vergessen?«

»Ich dachte, sie wäre nach Miami umgezogen.«

»Sie engagiert sich für die Republikaner. Wir könnten sie bestechen, Sidel, ihr ein paar Interviews schreiben und die dann dem *Miami Herald* anbieten. Die Wähler werden nicht wahnsinnig erfreut auf einen möglichen Vizepräsidenten reagieren, der noch eine heimliche Ehefrau im Schrank hat.«

»Sie können Kathleen nicht bestechen. Sie ist reicher als der Präsident. Und wenn Sie es wirklich mies und schmutzig haben wollen, Mrs. Box, könnte ich ein paar Interviews über Calders kleinen Harem schreiben.«

»Er ist Witwer«, sagte Pam. »Er hat ein Recht auf einen Harem.«

»Im Weißen Haus, Mrs. Box? Erzählen Sie das mal Alabama und Tennessee.«

»Wir haben eine Akte über Sie, Jungchen, die könnte einen ganzen Raum füllen.«

»Ich scheiß auf Ihre Akte«, sagte Isaac. Er schnappte sich Pamela und küsste sie auf den Mund mit all der Leidenschaft, die er zusammenkratzen konnte. Sie bebte in seinen Armen. Ihre Verletzlichkeit beunruhigte Isaac. Als weiblicher Drache oder als Bienenkönigin war Pam ihm lieber. Er flüchtete aus dem Riverrun und fand Martin Boyle im Fond einer Secret-Service-Limousine.

»Judas«, sagte Isaac. »Du hast ihnen verraten, dass ich nach Riverrun komme. Pamela ist dein wahrer Boss.«

»Wir sind eine Bruderschaft, Mr. President, ein Stamm, aber ich musste es niemandem verraten. Pam ist eine Hellseherin. Sie kann jeden Ihrer Schritte vorhersehen.«

»Alle meine Schritte, ja? Die Hexe des Weißen Hauses. Wer hat die Gracie Mansion für den Prez verwanzt? Joe Montaigne oder du?«

»Sir, es war schon alles verwanzt, lange bevor wir kamen. Bull Latham hat jeden im Griff.«

»Super«, sagte Isaac, und er knurrte den Fahrer an: »Würden Sie mich und diesen Schlägertypen hier aus Virginia rausschaffen? Wir müssen den Zug kriegen.«

Er konnte Aljoschas Wandbildern nicht entkommen. Der Junge malte ihn nun mit einem schwarzen Vollbart und einer noch schwärzeren Baskenmütze. Die Gemälde erschienen im Fernsehen: Isaac im Gewand eines Revolutionärs. Die

Republikaner lachten sich ins Fäustchen. Der Kerl, den sie am meisten fürchteten, hatte sich in Che Guevara verwandelt. Isaacs Werte bei den Meinungsumfragen hätten nun eigentlich ins Bodenlose fallen müssen. Doch man identifizierte ihn mit dem Großstadtgetümmel von Manhattan, wo Guevara lediglich eine verlorene Seele unter vielen war, die aus dem Grab auferstehen und von einer Wand zur nächsten wandern konnte.

Tim Seligman setzte Belohnungen aus, aber niemand konnte den Muralisten fangen. Wieder nahm Isaac den Hubschrauber und stieg mit Marianna Storm in den Himmel auf. Er kehrte ohne eine Spur zurück. Und dann erhielt er einen Anruf vom Wachtposten am Tor der Mansion. »Wir haben hier zwei Typen, Sir. Einen Wicht und einen Clown mit einer Decke.«

»Ich bin mitten in einer Besprechung«, sagte Isaac und mampfte Mariannas Kekse. »Sag ihnen, sie sollen verschwinden.«

»Der Clown besteht darauf, dass er einen Freund hat, der Sie kennt.«

»Welchen Freund?«

»Jemanden namens Raskolnikow.«

»Himmel nochmal«, brüllte Isaac. »Lass sie sofort rein.«

Und der junge Doug betrat die Bürgermeistervilla und sah aus wie ein in eine Decke gehüllter Christus. Bei ihm war Angel Carpenteros. Er hatte Blutflecken auf dem Gesicht. Dougy entfernte die Decke, enthüllte seine orangefarbene Hose und eine gefühlvolle, um seinen Hals geschlungene russische Ratte. Marianna kam aus ihrem Schlafzimmer herunter, lächelte den Geächteten an und stürmte zu Aljoscha.

»Was ist mit deinem Gesicht passiert?«

»Die Jokers haben mich gefunden. Dieser Hombre hier hat mir das Leben gerettet«, sagte er und zeigte auf den jungen Doug.

»Ich musste ihn dort wegschaffen.«

»Super«, sagte Isaac. »Das hier ist nicht die Maldavanka, wo du Benya Krik spielen kannst. Bull Latham wird erfahren, dass du aufgetaucht bist. Du wirst das Haus eines Bürgermeisters als Zuflucht akzeptieren müssen.«

»Keine Chance. Es ist hier viel zu sauber für Raskolnikow.«

»Dann machen wir es eben schmutzig. Wir werden ihm ein Nest bauen.«

Die Ratte sah Marianna Storm an, sprang von Dougys Schulter, drehte sich mitten in der Luft und landete auf einer Couch, kreischte ihr eigenes, erbärmliches Liebeslied. Das Hausmädchen hörte Raskolnikows metallische Geräusche, kam ins Wohnzimmer gestürmt, sah Raskolnikow und begann zu schreien.

»Euer Ehren, in meinem Arbeitsvertrag steht nichts von Nagetieren.«

»Miranda, er ist ein Intellektueller. Und er hat Gefühle… wie ein Mensch.«

»Ist mir egal. Eine Ratte ist eine Ratte.«

Und sie stürmte aus dem Wohnzimmer, während Raskolnikow einen weiteren Purzelbaum schlug und den Kronleuchter erreichte, ohne dabei auch nur eine Sekunde die Augen von Marianna zu nehmen.

Isaac war verblüfft. Er wandte sich an Aljoscha. Seine Hände begannen zu zittern.

»Willst du uns ruinieren, Junge? Zuerst flüchtest du aus Peekskill, und ich bin verantwortlich für dich. Und dann machst du deine Kunst auf meine Kosten. Du malst mich als Che Guevara.«

»Sie sind doch Che«, sagte Aljoscha. »Sie sind doch ein Revolutionär.«

»Psst«, machte Isaac. »Was, wenn das die Grand Old Party hört? Ich kandidiere für die Demokraten. Die Republikaner werden mich abschlachten.«

»Sie sind ein Träumer. Sie stehen über den Dingen in den Wolken. Wie Che.«

»Aber ich bin nicht in Bolivien gestorben«, sagte Isaac. »Ich will New York helfen. Das ist nicht dasselbe.«

Marianna schnappte sich Aljoschas Hand, während Raskolnikow tiefer in die gläsernen Zweige des Kronleuchters abtauchte.

»Liebling«, sagte sie zu Isaac, »du musst ihn hier bei uns wohnen lassen.«

»Und wenn das Vormundschaftsgericht dahinterkommt? Dann werde ich verhaftet.«

»Wer soll dich denn verhaften? Du bist praktisch der Präsident.«

»Hast du deinen Dad vergessen?«

»Ach der, nichts weiter als Zahnschmerzen«, sagte Marianna. »Das geht vorüber.«

Sie lächelte den jungen Doug an, warf der Ratte im Kronleuchter einen Kuss zu und ging dann mit Aljoscha hinaus auf die Veranda.

Raskolnikow verlor das Interesse an Isaacs Haus. Er beendete seine Erkundungen und sprang zurück auf Dougys Schulter.

»Wie kann ich dich beschützen?«, sagte Isaac. »Du stehst unwiderruflich auf der schwarzen Liste des Präsidenten.«

»Das fasse ich als ein Kompliment auf.«

»Deine Eltern sind im Exil. Sie werden die Sonne Arizonas niemals überleben.«

»Falsch«, sagte Doug. »Mom und Dad haben schon seit Jahren davon geredet, sich in Scottsdale zur Ruhe zu setzen. Sie haben Prospekte gesammelt.«

»Prospekte?«, sagte Isaac. »Das ist so was wie Briefmarkensammeln.«

»Ich wäre auch nach Scottsdale gegangen. Ich hätte mich ihnen angeschlossen.«

»Mit Daniella Grossvogel?«

»Daniella geht Sie nichts an, Mr. Mayor.«

»Weiß sie, dass du noch lebst?«

»Ich konnte es ihr nicht sagen. Sie hätte nur nach mir gesucht. Und damit wäre sie ins Kreuzfeuer geraten.«

»Super«, sagte Isaac. »Dann wird sie gleich zweimal um dich trauern müssen. Und was, wenn Captain Bart es ihr erzählt hat?«

»Das bezweifle ich. Was sollte er auch schon sagen? ›Daniella, dein kleiner süßer Doug ist aus dem Grab gestiegen, und jetzt werde ich ihn töten müssen.‹ Bart ist ein viel zu großer Feigling. Er wird seiner Tochter gegenüber schweigen. Das macht er immer.«

»Und du? Du kehrst mit deinem Leibwächter zurück ins Ödland? Wie lange werden du und Raskolnikow dort durchhalten?«

»Lange genug.«

»Selbst wenn du Margaret Tolstoi entkommst, werden Captain Bart und Bull dir andere Jäger auf den Hals hetzen.«

»Es ist jetzt mein Territorium. Sie sind die Fremden. Ich werde ein bisschen Salsa auf den Straßen tanzen, den Kugeln ausweichen...«

»Wie ein Matador, was?«

»Der Prez hat Margaret und mich dort aufräumen lassen. Wir haben die Bösen ausgeschaltet, und dann ist Captain Bart gekommen, hat sich unter den Nagel gerissen, was er kriegen konnte, bis ich ihn samt all seinen Männern vertrieben habe. Soll ich mir denn Dauerurlaub nehmen und faul in der Sonne abhängen, während Bart die Leute ausplündert? Ich hatte doch überhaupt keine andere Wahl.«

»Aber ich könnte mich um Bart kümmern.«

Dougy lachte in sich hinein. »Da könnten Sie gleich eine Fata Morgana küssen. Er hat Beziehungen.«

»Ich auch.«

»Verzeihen Sie mir, Sir, aber Sie sind nur ein Kandidat, der gegen den Wind pinkelt.«

»Nicht nach November.«

»November? Das ist noch Lichtjahre entfernt. Ich kann nicht weiter denken als bis morgen.«

Er kraulte Raskolnikows Hals, verabschiedete sich und verließ die Gracie Mansion. Und Isaac war ganz allein, wie Sindbad gestrandet in einem Meer, an das er sich nicht mal mehr erinnern konnte.

10

Er musste immer wieder an Daniella denken. Doug war ihr Odessa-Mann, ihr Benya Krik. Er hätte runter ins Washington Square Village fahren und bei ihr anklopfen können. Aber er musste gar nicht anklopfen. Doug hatte ihren Schlüssel. Allerdings kannte der Portier sein Gesicht, und Doug sollte ja eigentlich tot sein. Sie hatte ihm auf dem Revier Nachhilfe gegeben. Er büffelte für den Test für die Beförderung zum Sergeant, wie alle Idioten in der Elizabeth Street. Die anderen Cops machten sich über sie lustig, sagten, Daniella sei ein Scheusal. Doch Dougy hatte kein Problem mit der Beule auf ihrem Rücken. Für ihn war sie wie eine Sternschnuppe mit Strahlen auf der Schulter. Und während sie von dem Gangster in der orangefarbenen Hose erzählte, hatte er beobachtet, wie sich ihre Lippen bewegten, und so verliebte er sich in die Tochter eines Captains, den er verachtete. Er prügelte sich im Umkleideraum. Niemand durfte mehr Scheusal zu Daniella sagen.

Er machte im Washington Square Village nicht halt. Er ging direkt in die Maldavanka, mit Raskolnikow eingepackt unter seiner Decke. Er stieg aus dem Taxi, gab die Decke einer Omi, die an der Ecke Henry und Clinton auf einem Sofa saß, und machte sich auf den Weg Richtung Süden. Sidel hatte recht gehabt. Die Elizabeth Street musste gewusst haben, dass er das Ödland verlassen hatte, denn in der Nähe der Rutgers-Sozialsiedlung wartete Captain Bart auf ihn mit fünf oder sechs seiner Jungs. Doug hatte keine Angst. Er hatte Raskolnikow und in der Hose eine Glock. Er musste nur den Schwanz der Ratte berühren, und Raskolnikow würde Barton sofort die Augen auskratzen.

Bart war derjenige, der nervös war.

»Pass auf, dass die Ratte schön auf deiner Schulter bleibt, hörst du?«

»Ich tue alles«, antwortete Doug, »alles für meinen zukünftigen Schwiegervater.«

»Hör auf damit«, sagte der Captain. »Meine Daniella wird keinen toten Mann heiraten… wir sind sechs gegen einen. Wirst du nach Arizona gehen, wo du hingehörst? Wir sind nicht das FBI. Wir sind einfache Bullen. Wir erschießen keinen von uns.«

Bartons Gerede gefiel Dougy überhaupt nicht. Der Captain gab ihm Streicheleinheiten, und dann begriff Doug, um was es bei diesem Lied eigentlich ging. Barton begann zu lächeln.

»Meine Güte, erledigen Sie ihn jetzt endlich mal?«, sagte Barton zu jemandem hinter Doug, und Dougy musste sich nicht umdrehen. Es war Margaret Tolstoi. Er roch Margarets Parfüm. Sie tauchte in seinem Augenwinkel auf. Sie war weitaus cleverer als Bart. Sie hielt eine Glock in der einen und einen Besen in der anderen Hand. Damit wollte sie Raskolnikow eine verpassen, wenn er sie aus der Luft angriff.

»Hallo, Dougy«, sagte sie.

Die Augen des Captains traten hervor. »Schwadronier nicht rum, Weib. Leg ihn um!«

»Nicht heute.«

»Was ist mit heute nicht in Ordnung? Sie wurden engagiert, ihn zu töten, Mrs. Tolstoi. So haben wir's doch geplant?«

»Sie haben es geplant, Bart. Ich habe nur mit dem Kopf genickt.«

»Ich arbeite fürs Weiße Haus. Sie nicht?«

»Manchmal.«

»Und was ist, wenn ich mit Bull rede? Sie werden Ihren Gehaltsscheck und Ihre Pension verlieren … und Ihren steinalten Ehemann in Alexandria ebenfalls.«

»Sie sollten mehr Respekt vor Ferdinand haben. Er hat ein ganzes Land geführt.«

»Ich kann's nicht fassen«, sagte Barton. »Bull leiht uns sein As aus, und sie behandelt uns wie einen Haufen Nigger … Jungs, da werden wir wohl beide umlegen müssen.«

»Ich bin geschützt«, sagte Margaret. »Ich habe den Besen. Aber können Sie sich vorstellen, was Raskolnikow mit Ihrem Gesicht anstellt, bevor Sie den Abzug drücken können? Und danach werde ich Ihnen die Kniescheiben zerschießen.«

»Sie ist eine Psychopathin. Ich hab ihr noch nie getraut. Sie zieht sich für den Präsidenten aus. Dabei geht ihm einer ab.«

»Soll ich Calder daran erinnern, was Sie über ihn gesagt haben? Er wird begeistert sein, Bart. Er wird Sie umgehend von der Bildfläche entfernen.«

»Sie werden ihn an gar nichts mehr erinnern … Jungs?«

Und in diesem Moment hörte Barton Raskolnikows metallischen Schrei. Schlagartig verließen ihn sein Biss und sein Ehrgeiz. Er hatte keine Schlachtpläne mehr. Er zog sich ohne ein weiteres Wort zurück, wobei seine sechs Bullen ihm hektisch hinterherpaddelten.

Margaret legte den Besen aus der Hand, und Raskolnikow sprang auf ihre Schulter. Sie zuckte mit keiner Wimper. Doug schaute zu, wie sie der Ratte den Bauch kraulte.

»Sollte ich mich bei dir bedanken, Margaret?«

»Nein. Ich werde zurückkommen müssen. Aber ohne Bart. So viel Höflichkeit bin ich dir schuldig… pass auf dich auf.«

»Ich habe Sindbad gesehen. Er wirkt traurig ohne dich.«

»Er ist immer traurig… leb wohl, Dougy. Und sieh zu, dass du von hier verschwindest. In deiner orangen Hose kann man dich schon aus größter Entfernung entdecken.«

Sie gab ihm einen Kuss auf den Mund, und Raskolnikow wechselte die Schultern, kehrte zu Doug zurück.

Sie war der beste Partner, den Dougy je hatte. Zusammen hätten sie den kompletten Wilden Westen zähmen können. Sie erzählte ihm immer Geschichten über die Maldavanka während des zweiten Weltkriegs, als es noch keine Benya Kriks gab und jeder jüdische Gangster in orangefarbenen Hosen von Glück reden konnte, wenn er überhaupt noch am Leben war. »Die Maldavanka war hundsmiserabel. Es wimmelte nur so von Ratten, und sie besaßen absolut nicht Raskolnikows Charme. Sie haben einem kleinen Jungen in einem Kinderwagen die Finger abgekaut. Du solltest es besser wissen, Junge. Ich liebe Bücher. Ich bin eine Leseratte. Aber Literatur ist sehr gefährlich.«

Er mochte es, wenn sie ihn »Junge« nannte. Aber sie konnte Benya nicht vernichten, trotz all ihres Geredes. Zum Teufel, man musste doch einen Helden haben. Benya stopfte die hungrigen Münder der Armen mit fetten Kühen, die er den Reichen wegnahm. In der Nähe der Elizabeth Street gab es keine Kühe. Und Dougy hatte sein kleines Vermögen aufgebraucht mit den Fahrten rauf zur Gracie Mansion und wieder zurück. In seinen Taschen steckten noch ein paar zerknitterte Dollarscheine. Er würde ein paar Polizisten ausnehmen müssen, aber Barts kleine Jungs hielten sich außer Sichtweite, wenn sie nicht gerade mit dem Captain persönlich als reguläre Kampfverbände aufkreuzten.

Doug konnte in jedem verlassenen Gebäude einschlafen. Raskolnikow würde ihn bewachen. Die Ratte war wie ein Oberfeldwebel. Doug musste lächeln. Auf einer Wand in der Cherry Street sah er ein Bild von Sidel mit Bart und Baskenmütze. Aber er konnte nicht bleiben, durfte nicht herumstehen, um die Originalität von Aljoschas Kunst zu bewundern. Diese Wand wirkte wie ein Magnet für die Latin Jokers. Er hatte Aljoscha aus den Fängen der Gang befreit. Sie hatten Angst vor Raskolnikow, mussten ihre Gesichter schützen vor einer Ratte, die durch die Luft fliegen konnte. Er würde einem Joker in den Fuß schießen, wenn es sein musste. Aber richtig abknallen konnte er sie nicht. Es waren Kinder. Sie hatten noch nicht mal richtige Schnurrbärte.

Er rauchte seine letzte Zigarette, ließ Raskolnikow einmal paffen. Die Ratte war ganz wild auf Tabak, sie liebte es, darauf herumzukauen. Raskolnikow lebte von Zigaretten und Eiscreme und der dunklen Erde der Maldavanka. Die Erde enthielt Mineralien, die Raskolnikows Fell zum Glänzen brachten. Aber wie lange würde das Orange von Dougys Hose halten? Es gab keine chemische Reinigung im Ödland. Er war auf die Nettigkeit gewisser Großmütter angewiesen, die Dougys Hosen im Keller einer armseligen Behausung in der Nähe des East River wuschen und bügelten. Er hatte seine Gemeindemitglieder. Er war beinahe so etwas wie ein Priester … oder ein Schutzmann. Seine Dienstmarke hatte er hergeben müssen, damit *irgendetwas* der Leiche angesteckt werden konnte, die auserkoren worden war, Doug zu spielen. Aber er wurde ein wenig müde. Er war kein Stratege wie Benya Krik. Er hatte keinen Masterplan. Und wie sollte er *diese* Maldavanka wieder erblühen lassen, eine Welt aus menschenleeren Häusern und Sozialsiedlungen mit einer unerbittlichen Silhouette ohne den geringsten Schmuck, den geringsten menschlichen Anstrich?

Er war nicht weiter überrascht, als er sie sah. Raskolnikow hatte bereits mit dem Schwanz gerasselt und gefaucht. Zehn Jokers mit langen Messern, die Gesichter verborgen unter den Masken von Baseball-Catchern. Anders als Doug hatten sie eine Strategie. In weniger als einem Tag hatten sie sich auf Raskolnikow eingestellt. Fast musste er lächeln, weil die Jokers jetzt etwas Mittelalterliches hatten, ihn an Ritter in der Wildnis erinnerten. Er hätte vor ihren Messern davonlaufen oder Raskolnikow ihre Eier angreifen lassen können. Aber er war kriegsmüde. Er würde keine Kinder angreifen, und er konnte ja wohl schlecht aus seinem eigenen Territorium fliehen. Er war El Señor, der den Status eines Königs hatte, mit zerknitterten Geldscheinen in den Taschen.

Die Jokers umzingelten ihn.

»Homey«, sagten sie, »du hättest uns unsere *puta* geben sollen. Wir haben nichts gegen dich. Du bist in diesem Viertel so was wie ein Heiliger. Aber Angel Carpenteros steht auf unserer Todesliste.«

»Schön. Aber ich konnte nicht zulassen, dass ihr ihn umbringt.«

»Dann zieh jetzt deine Glock, Mann, und duellier dich ein bisschen mit uns.«

»Ich duelliere mich nur mit Feinden«, sagte Doug und begann sich zu fragen, ob Captain Bart ihnen die Catcher-

Masken gegeben hatte. Gehörten sie auch zu seinem Team? Es spielte keine Rolle. Er würde sie trotzdem nicht angreifen. Er musste Raskolnikow festhalten, ihn daran hindern, die Jokers anzuspringen. Aber er spürte, wie Raskolnikows Herz klopfte, spürte das sich sträubende Fell einer Kriegsratte.

»Niños«, sagte er, »arbeitet ihr für die Polizei oder das FBI?«

»Beides«, antworteten sie.

Er wollte immer noch nicht kämpfen. Er dachte an Daniellas Lächeln. Aber es gab auf der Welt sonst nicht viel, das er vermissen würde. Nur Raskolnikow. Und seine arme Mom und seinen Dad. Er nahm Raskolnikow von seiner Schulter und schob ihn tief unter einen Stein, weil er wusste, dass diese Kids in der Lage waren, eine Ratte bei lebendigem Leib zu verbrennen und den Kadaver dann zu Bull Latham zu bringen.

»Raski«, sagte er, »hör mir jetzt gut zu. Du kommst auf keinen Fall unter diesem Stein hervor.«

Und dann richtete er sich in seiner orangefarbenen Hose auf und verbeugte sich vor den Latin Jokers.

»Niños«, sagte er, »kommt schon, fangt an zu spielen.«

Doch er griff nicht nach seiner Glock.

TEIL VIER

11

Es war wie ein abgetrenntes Dorf mit eigenem Spitznamen, *Infirmary*, und mit einem Marine, der die Treppe bewachte. Niemand konnte eintreten, ohne zuvor den Ausweis gezeigt zu haben. Margaret trug ein spezielles Schildchen, das sie von Calder persönlich hatte. Sie war Teil der hektischen, verborgenen Elite der Infirmary. Während des Bürgerkriegs war es angeblich ein kleines Krankenhaus gewesen, ein Ort, an dem Colonels und Generäle der Union genesen konnten. Und Margaret fragte sich, ob diese Colonels und Generäle wohl immer noch auf dem Dachboden der Pennsylvania Avenue herumspukten.

 Der eine Teil des Dachbodens war wie ein Hotel für die Hausgäste des Präsidenten. Pams Mann lebte hier. Die andere Hälfte war eine Zufluchtsstätte für die verrückten Kabalen des Präsidenten. Calder liebte Intrigen, er konnte ohne sie nicht existieren. Und Margaret stellte die wilden Frauen und Männer nie infrage, die sich zwischen den intellektuelleren Typen auf den Fluren und Korridoren herumtrieben, eine Bande von Architekten, die auf dem Speicher untergebracht worden waren, um für den Prez Phantom-Sozialsiedlungen zu bauen. Überall standen Modelle dieser Phantomprojekte herum. Immer wieder rannte Margaret versehentlich gegen Türme aus Pappmaché. Ein Turm bewegte sich. Margaret lächelte über die unerwartete Metamorphose. Es war Pams betrunkener Gatte, Dr. Jonathan Box, getarnt als Gebäude. Er trug eine Browning Barracuda in der Hose, genau wie andere Cowboys auf dem Speicher. Er hatte gedroht, mit seiner 9-mm-Kanone auf verschiedene Kronleuchter zu feuern, aber Margaret war nicht mal sicher, ob er überhaupt wusste, wie man eine Waffe bediente. Er war der Cheftheoretiker der Republikaner. Calder setzte ihm so oft es nur ging Hörner auf, aber der Prez hatte aufgehört, mit Pam zu schlafen.

»Ich beiß dir gleich in deine Titten«, sagte der Professor zu Margaret. »Ich bin verrückt nach dir, Kleines.«

»Jon, hör auf damit.«

»Calder kann nicht alles haben. Und ärgere mich nicht, Margaret. Vergiss nicht, ich habe eine Waffe.«

Sie tippte ihn leicht an, und der Turm, den er spielte, schwankte gefährlich. Gerade noch rechtzeitig hielt Margaret ihn fest und lehnte Jonathan an eine Wand.

»Schön brav sein«, sagte sie.

»Ich werd's versuchen, Margaret.«

Der Prez hatte sich unter seinem eigenen Dach ein Irrenhaus eingerichtet, wo er so tun konnte, als sei er machtlos, wo er die Fantasien eines kleinen Jungen ausleben konnte, der nichts als Unsinn im Sinn hatte. Außerdem hatte er einen überdimensionalen Kindergarten gebaut, mit riesigen Bettchen und Schaukelpferden. Bevor Jonathan auf den Speicher gezogen war, schmuggelte der Prez Pamela dort hinein, zog ihr ein Kleidchen an und ließ sie in eines der Bettchen klettern. Aber jetzt war im Kindergarten nichts los. Und Margaret saß gern in einer Ecke des Raumes und sinnierte. Es erinnerte sie an ihre Kindheit, als sie ein Schaukelpferd besessen hatte, auf dem sie endlos reiten und träumen konnte. Und vielleicht war der Speicher ein Ausdruck von Calders Wunsch, sein Präsidentenamt wegzuträumen.

Margaret betrat den Raum, sah den aufsteigenden Zigarettenrauch. Sie war nicht allein. Pamela stand zwischen den Bettchen.

»Hat Jon genervt?«

»Schon in Ordnung, Pam.«

Dem Präsidenten zuliebe bemühten sie sich um zivilisierten Umgang. Pam war verletzt worden. Margaret hatte sie im merkwürdigen Herzen des Präsidenten von ihrem Platz verdrängt. Doch Margaret kümmerte sich ausschließlich um diese Vogelscheuche Sidel. Fast tat Mrs. Tolstoi Pam richtiggehend leid.

»Er hat nach Ihnen gefragt«, sagte Pam. »Er ist nervös.«

»Wer?«

»Das Kraftwerk.«

Die beiden Konkurrentinnen lachten. Cottonwood, der Weiberheld, hatte seit Monaten keine Erektion mehr gehabt. Margaret und Pamela kicherten wie Schulmädchen. Doch sie hörten sofort auf, als das Kraftwerk auftauchte. Offenbar hatte er Professor Jon die Barracuda abgenommen. Er hatte Schmiere um die Augen, Nachtkämpferschminke, die er sich von dem Marine an der Tür besorgt hatte. Der Dachboden war ihm viel lieber als das Oval Office. Er tobte gern herum, fing Kriegsspiele mit jedem Marine an, der gerade zur Verfügung war. Er zog einen massiven silbernen Flachmann aus der Tasche, nuckelte ein wenig daran, wischte sich dann den Mund ab. Seine blauen Augen verengten sich, wurden rot wie die Augen einer Ratte.

»Pam«, sagte er, »niemand hat dich in meinen Meditationsraum eingeladen. Verschwinde sofort von hier.«

Er schleuderte den Flachmann nach ihr. Er traf die Wand, und Whiskey spritzte über ihre Köpfe.

Pam sprach mit einem Gurren in der Stimme. »Calder, du solltest jetzt ein Nickerchen machen.«

»Halt's Maul. Ich habe mit Margaret über Geschäfte zu reden.«

»Aber du bist doch müde. Hast du es denn vergessen? Du hast heute Abend ein großes Dinner mit den Leuten von der Geisteswissenschaftlichen Fakultät. Da musst du frisch sein.«

»Scheiß auf die Unitypen. Verpiss dich, bevor ich dich in eines der Kinderbettchen einsperre.«

»Wäre mir egal. Du bist schon immer mein Gefängniswärter gewesen, Mr. President.«

Er schob sie aus dem Raum, verriegelte die Tür und näherte sich Margaret mit der Kanone in der Hand. Sie rührte sich nicht vom Fleck. Sie war so was wie eine Zuschauerin auf Calders Dachboden. Das Blau war in seine Augen zurückgekehrt. Er vergrub die Barracuda in ihrer Wange.

»Wenn Sie eine Kanone auf ein Mädchen richten, Mr. President, dann sollten Sie besser damit schießen, oder Sie werden gefickt.«

»So kannst du nicht mit mir reden.«

»Warum nicht? Was wollen Sie tun? Wollen Sie mich beseitigen wie den jungen Doug? Mein Hirn im Rose Garden vergraben?«

»Du warst für diesen Rowdy-Bullen verantwortlich, und du hast es verpfuscht. Er hätte meinen ganzen Wahlkampf ruinieren können.«

»Dann haben Sie aber einen traurigen Start hingelegt. Dieses Ödland bringen Sie nicht in Ordnung, Calder. Das kann nicht mal Isaac.«

»Aber ich kann dich und deinen kleinen Bürgermeister in Ordnung bringen.«

Margaret verpasste ihm eine. Er flog gegen ein Kinderbettchen. Die Barracuda fiel ihm aus der Hand.

»Du hast mich geschlagen. Du hast den Präsidenten geschlagen.«

»Ach«, sagte Margaret, »komm zu Mama.« Sie musste ihn entschärfen, seine Gewaltfantasien ersticken. Sie streckte die Arme aus, und er stolperte zu ihr. Margaret ließ die Fingerspitzen über die dicken Schichten seiner Kriegsbemalung gleiten. Sie hatte keine Lust, mit ihm in einem riesigen Bettchen zu kuscheln, sich auszuziehen wie eine Salome.

»Isaac«, sagte er, »immer dreht sich alles um Isaac. Du warst mit echten Kriegern zusammen, mit Nazi-Hauptmännern und Obersten, und mit diesem Degenerierten, diesem Antonescu. Aber wenigstens war das ein Erwachsener. Wie konntest du dich nur in einen stinkenden Schuljungen aus der Lower East Side verlieben? Ach, ich weiß schon. Die Liebe funktioniert nach eigenen Regeln. Aber das alles ist nur ein Haufen Scheiße.«

»Worüber beklagen Sie sich dann?«

»Habe ich nicht Grund genug? Ein Schuljunge. Er hatte noch nicht einmal wen zum Tode verurteilt.«

»Vielleicht hat mir genau das an ihm gefallen. Er hatte Odessa in seinen braunen Augen. Isaac schaffte es, dass ein Mädchen sich an das Meer erinnerte.«

»Und was ist mit Calder Cottonwood?«

»Der sitzt hinter den Gittern eines Kinderbettchens fest.«

Margaret sah diesen herrlichen Schmerz vor seinen Augen vorbeizucken. Für den Nachmittag hatte der jetzt genug. Er würde nicht mehr mit einer Kanone in der Hand durch die

Gegend rennen und Pamela Box belästigen. Die Stirn unter seiner Kriegsbemalung legte sich in Falten.

»Sei nicht so knauserig«, sagte er. »Ich bring dich um, wenn du auch nur ein Detail auslässt. Du bist ein kleines Mädchen in zerlumpten Kleidern. Es ist dein erster Tag in dieser Klasse. Du kommst durch die Tür, die verhungernde Prinzessin, die über den Ozean getanzt ist. Erzähl's mir. Erzähl's mir. Was siehst du?«

Jetzt hatte sie ihn. Calder hing am Haken. Sobald Scheherazade zu singen begann, war er außer sich vor Entzücken.

12

Nichts wurde gemeldet. Keinerlei Nachricht über einen Verschwundenen in der Maldavanka. Aber Isaac träumte von Dougy, sah das Blut. Zitternd wachte er auf seinem Rosenholzbett auf, eine unbezahlbare Antiquität, die von einem Bürgermeister zum nächsten weitergereicht wurde. Es klopfte an seiner Tür. In seinem blauen Schlafanzug schälte er sich aus den Laken. Er fummelte an dem Kombinationsschloss und ließ seinen Secret-Service-Mann in den Raum.

»Dougy ist tot, Boyle, stimmt's?«

»Ich glaube ja, Mr. President.«

»Ist das eine Scheiß-Hypothese?«

»Nein, Sir. Es ist ein Fakt.«

»Hat Captain Bart ihn umgelegt?«

»Indirekt, Sir.«

»Boyle, es ist noch zu früh am Morgen für Rätsel. Siehst du denn nicht? Ich zittere am ganzen Leib. Was ist passiert?«

»Ich kenne nicht sämtliche Einzelheiten, Sir. Aber ich vermute, Bull hat Captain Bart bezahlt, damit der ein Killerkommando anheuert.«

»Gehörte Margaret zu diesem Kommando?«

»Nun, Sir … ja und nein.«

»Könntest du mal aufhören, Chinesisch zu reden?«

»Sie hat Kontakt zu Doug aufgenommen … allerdings bevor das zweite Team eintraf.«

»Es gab also zwei Scheiß-Killerteams? Ist die Major League jetzt auch schon im Ödland angekommen? Boyle, ich gehe wieder ins Bett.«

»Sir, es ist nicht so kompliziert, wie Sie denken. Captain Bart ist mit seiner Schlägertruppe eingetrudelt. Aber Margaret hat dafür gesorgt, dass er die Aktion abbrach. Sie hat nicht zugelassen, dass Bart Doug erledigt.«

»Sie hat ihm die Haut gerettet?«

»Genau, Sir … und dann tauchte das zweite Kommando auf, mit einer ziemlich merkwürdigen Ausrüstung … Catcher-Masken.«

»Bart wollte Raskolnikow neutralisieren, richtig?«

»Sir, er hat die Masken den Latin Jokers ausgeliehen und hat ihnen noch was an Taschengeld draufgelegt.«

»Die Jokers haben Dougy erledigt?«

»Das ist das Szenario, Sir. Und Bart hat ihn verscharrt, der Himmel weiß, wo. Ich bezweifle, dass wir Doug je finden werden.«

»Und deine Informationen hast du von deinen Scheiß-Marktweibern beim Secret Service, ja?«

»Nein, Sir. Joe Montaigne hat einen Cousin, der einer Aushilfe in der Elizabeth Street ziemlich nahesteht. Sie hat den Captain dabei erwischt, wie er mit seinen Männern gefeiert hat.«

»Und wo ist Raskolnikow? Wo steckt Dougs Ratte?«

»Über die Ratte wurde nicht gesprochen, sagt meine Quelle.«

»Boyle«, sagte Isaac. »Ich bin Bürgermeister, der Große Mann Manhattans, und dein mieses kleines Netzwerk ist besser als meins.«

Isaac zog sich an und flüchtete mit Boyle im Schlepptau aus der Gracie Mansion. Sie waren wie zwei Geister. Isaac konnte im Washington Square Village keinen Schritt gehen, ohne für jemanden sein Autogramm zu kritzeln. Eine Frau ließ ihre Tüte mit Lebensmitteln fallen und küsste Isaac. »Ich sterbe«, sagte sie. »Isaac, Sie sehen ja so gut aus!«

Trotz seiner gedrückten Stimmung konnte Big Guy solch spontaner Herzlichkeit nicht widerstehen. Er tanzte mit der Frau, legte einen kleinen Foxtrott hin, an den er sich noch aus seiner Zeit auf der Seward Park High erinnerte, als er noch ein kleiner Schläger mit Koteletten war, ein jugendlicher Straftäter, der die Countess Kathleen heiraten würde. Es waren Kathleens irische Verbindungen zum NYPD, die Isaac Sidel letzten Endes gerettet hatten. Die Iren nahmen ihn wegen seiner Braut auf, und er stieg unaufhaltsam auf, vom Undercover-Cop zum Police Commissioner. Ohne seine irischen Rabbis hätte er es zu gar nichts gebracht.

Er ging hinauf zu Daniella Grossvogel. Sie trug einen roten Morgenmantel, der ihr hübsches Gesicht zur Geltung brachte. Sie brauchte keinen Lippenstift. Isaac war danach, ihr einen Antrag zu machen. Er ballte die Hand zur Faust, um nicht loszuheulen.

»Möchten Sie einen Kaffee, Mr. Mayor?«

»Daniella, ich kann Sie nicht anlügen. Doug ist tot.«

»Nehmen Sie doch bitte Platz. Soll ich einen Arzt rufen? Sie sehen fiebrig aus.«

»Dieser andere Tod, das war nur fingiert. Das war vom FBI eingefädelt. Dougy sollte verschwinden. Aber er ist im Ödland geblieben.«

Sie sank auf ihre Couch, ganz blass jetzt in ihrem roten Morgenmantel. »Wie soll ich Ihnen glauben? Ich hätte es gewusst… ich war doch auf seiner Beerdigung, Mr. Mayor.«

»Daniella, hat man den Sarg je geöffnet?«

»Aber er hatte doch diese fürchterlichen Verletzungen. Sein Vater…«

»Captain Knight hat seinem Sohn kein Haar gekrümmt. Er ist ein Cop, der Beste. Das Bureau hat ihn nach Arizona verfrachtet.«

»Aber Dougy hätte doch…«

»Wie hätte er Sie denn besuchen sollen? Er war auf der Flucht vor dem FBI und vor Ihrem Dad.«

»Ich hätte ihn hören müssen… in meinem Herzen.«

»Sie haben ihn doch gehört, Daniella. Jedes Mal, wenn Sie eine Vorlesung über Benya Krik gehalten haben… er konnte diese miese Gegend nicht verlassen. Er wollte seine eigene Maldavanka. Er wollte Sie.«

»Aber ich hätte doch…«

»Er hatte Angst, dass etwas passiert, dass Sie dort hingehen, dass Ihnen etwas zustößt.«

Isaac setzte sich zu ihr auf die Couch. Sie war es, die Isaac in den Arm nahm, sie wiegte den Bürgermeister, als singe sie ihm ein Schlaflied vor. »Doug wollte nie wirklich Sergeant werden. Aber der Vorbereitungsunterricht hat ihm Spaß gemacht. Er war mein begabtester Schüler. Er konnte nicht leben ohne Worte. Er hat gelesen und gelesen und gelesen…«

Isaac flennte inzwischen. »Daniella, es tut mir so leid. Vielleicht hätte ich …«

»Es war sein Schicksal. Ich hätte ihn nie mit Benya Krik bekannt machen sollen. Er war ein Geächteter, die Cops konnte er nie verstehen.«

»Nein, Daniella. Er war ein echter Cop. Und die Männer Ihres Vaters, die sind die Gauner.«

Er hörte auf zu flennen. Daniella hatte ihn wieder lebendig werden lassen. Sie umarmten sich, wie sich vielleicht zwei Waisenkinder umarmt hätten. Doch Isaac hatte bereits Mordfantasien.

Er gabelte Boyle vor Daniellas Haus auf und marschierte quer durch SoHo zur Maldavanka. Er machte einen Bogen um die Elizabeth Street. Er war weder Billy the Kid noch einer der Daltons, stets bereit, sich mit einem ganzen Polizeirevier ein Feuergefecht zu liefern. Mit einer Glock oder einem Colt konnte er Captain Bart nicht besiegen. Wie Sindbad der Seefahrer würde er Bart vom Meer aus angreifen und die Gewässer um Bart herum vergiften. Aber in diesem Stadtteil gab es keine Gewässer. Und Isaac war auch nicht in orangefarbener Hose gekommen und gab sich als wilder Mann von Odessa aus.

Niemand gab ihm einen zerknüllten Dollarschein. Niemand nannte ihn El Señor. Er war nur ein Politiker wie alle anderen, ein Vizepräsident in spe, und für solche gab es keinen Platz im Ödland. Er streifte mit Martin Boyle umher, trieb in diese eigentümliche Sahara hinein, wo der Sand dunkel und feucht war.

»Wonach suchen wir eigentlich, Sir?«

»Ich weiß es nicht.«

Und Big Guy bekam seine fünf Sinne wieder zusammen. Er sah drei Gören in schmutzigen Kleidern einen Felsen umkreisen. Sie lachten wie Hyänen. Ihr Anführer stocherte mit einem Stock an etwas herum. Isaac stellte sich auf die Hacken, machte ein fürchterliches Gesicht und schritt auf sie zu wie Frankenstein. Die Gören rannten davon von ihrem Stein.

»Ah«, sagte Isaac mit einer Mischung aus Verbitterung und Freude, die er außerhalb des Ödlands nirgends hätte empfinden können. Raskolnikow lag neben dem Stein, halbtot. In den Augen der Ratte brannte kein Licht mehr. Sein ganzer Körper war mit Blasen übersät. Seine Krallen waren herausgerissen.

Isaac hob die Ratte hoch, hielt sie in den Händen.

»Komm, Raskolnikow. Wir gehen nach Hause.«

13

Isaac fand einen Tierarzt, der Raskolnikow in einer rosafarbenen Lotion badete und ihm dunkle Milch in speziellen Babyfläschchen fütterte. Das Hausmädchen hatte Mitleid mit Raskolnikow und beschloss, doch nicht zu kündigen. Sie kochte die Flaschen aus. Raskolnikow saugte an einem winzigen Nippel, doch nichts schien zu passieren, bis Marianna nach einem Wochenende bei ihrer Mom und ihrem Dad zurückkehrte. Die Ratte blinzelte Marianna an, und in seine aufleuchtenden Augen trat der übliche leidende Ausdruck. Er fing an zu singen. Aber Raskolnikow hatte dieses tiefe, metallische Timbre verloren. Er hatte wohl zu lange um Dougy getrauert ...

Ein Riese in einer schmutzigen Hose marschierte durchs Tor, nannte sich Hernan Cortez. Er war der letzte Spitzel, den Isaac auf dieser Welt noch besaß. Big Guy hatte ihn von Rikers gerettet, wo Cortez ohne eine Nummer oder ein Dossier geschmachtet hatte. Das System hatte Cortez einfach *vergessen*, hatte ihn im Fegefeuer sitzen lassen. Isaac hatte ihn bei seinem jährlichen Spaziergang durch die Gefängnisse der Stadt entdeckt. Big Guy empfand eine tiefe Zuneigung für Männer ohne Nummern. Cortez war Totengräber. Er war in der Bronx aufgewachsen, im Umfeld der Latin Jokers, war aber selbst nie wirklich ein Joker gewesen. Isaac hatte ihn mit einer kleinen Schar Männer losgeschickt, um Dougs sterbliche Überreste zu suchen. Cortez durchkämmte das Ödland mit Taschenlampen und Schaufeln. Der Schmutz der Maldavanka klebte ihm immer noch auf Gesicht und Hose. Er schaute zu, wie Isaac Raskolnikow mit einem Babyfläschchen fütterte.

»Chef, auf Rikers gab es auch so Ratten wie die da. Ich hab denen beigebracht, ein bisschen Geige zu spielen.«

Isaac schaute nicht mal von der Flasche auf. »Raskolnikow ist keine Gefängnisratte. Er kommt aus dem Ödland... also, was hast du für mich? Einen Finger? Ein Auge? Sag Onkel Isaac die schaurigen Details.«

»Gibt nix zu sagen, Chef. Wir haben überall gesucht. Wir haben alte Knochen ausgebuddelt, perfekte, wunderschöne Skelette von Hunden, Katzen, Dealern, aber ein frisches Grab, das haben wir nicht gefunden. Mr. Doug ist nicht im Ödland begraben worden, kein Fitzelchen von ihm.«

»Wie kannst du dir so sicher sein? Warst du im Keller in der Elizabeth Street?«

»Waren wir.« Der Totengräber zwinkerte Isaac zu. »Wir haben uns als Kammerjäger ausgegeben, mit offizieller Genehmigung... aber Mr. Doug liegt nicht unter Bart Grossvogels Erde.«

»Ich hab Dougys Blut im Traum gesehen... er muss tot sein.«

»Man kann keine Leiche haben ohne *corpus delicti*... nicht mal in einem Traum.«

»Ah«, sagte Isaac, »du bist unter die Philosophen gegangen?«

»Nein, ich grabe Gräber und ich öffne sie wieder. Und Mr. Doug hat kein Grab, noch nicht. Aber ich hab gehört, dass die Latin Jokers jubeln.«

»Jubeln? Wo?«

»In dem anderen Ödland da drüben. In der Featherbed Lane gab's eine große Party.«

»Und was zum Teufel hatte Hernan Cortez auf einer Joker-Party zu suchen?«

»Ich bin ihr Maskottchen, ihr kleiner Homey, ich hebe Gräber für sie aus, ich beseitige die Leichen.«

»Und Doug haben sie nicht erwähnt?«

»Mit keiner Silbe.«

»Und worüber haben sie dann gejubelt?«

»Keine Ahnung. Aber sie haben immer wieder gesagt *sechzehnhundert*. Sechzehnhundert dies, sechzehnhundert das.«

»Du bist mein Scout, Hernan, und nicht mal das weißt du? Wie lautet die Adresse des Weißen Hauses?«

Der Leichengräber zuckte bloß mit den Achseln. »Keine Ahnung.«

»Pennsylvania Avenue Nummer sechzehnhundert. Die Jokers haben einen neuen Sponsor. Calder Cottonwood.«

Isaac entließ den Kerl, schickte ihn mit einem Karamellkeks auf die Straße. Dann schnappte er sich Martin Boyle und Joe Montaigne.

»Der Prez muss einen Plan haben. Was ist das für ein Plan?«

Die beiden Secret-Service-Männer wippten auf ihren Absätzen.

»Das ist klug«, sagte Isaac. »Haltet hübsch den Mund. In allen Umfragen gehen die Werte des Prez nach unten. Er ist praktisch schon aus dem Rennen, schickt aber trotzdem eine sterbende Gang aus der Bronx mit Catcher-Masken ins Ödland. Senil ist er bestimmt nicht. Jungs, was hat er vor?«

»Sir«, sagte Boyle, »wir sind zu Ihrem und Mariannas Personenschutz abgestellt. Calder vertraut uns nicht. Wir sind nicht mehr auf seinem Radar. Wir schweben frei im Raum.«

»Wie ist der Kerl eigentlich Prez geworden?«

»Er hat den Demokraten die Scheiße aus dem Leib geprügelt. Er hat ihnen den Arsch aufgerissen.«

»Und wieso reißt er heute keine Ärsche mehr auf?«

Isaac packte die Ratte in einen Schuhkarton und ging mit Marianna auf Tour. Er mied große Säle und Sportpaläste, hielt sich von den üblichen Trampelpfaden eines Wahlkampfes fern. Er besuchte Grundschulen und Pflegeheime und kleine Käffer, in denen es gerade mal eine Eisdiele und einen Kaufladen gab. Niemand rührte die Trommel für Isaac. Er hatte keine Leute, die als Voraustrupps die Auftritte vorbereiteten. Er traf unangemeldet ein, improvisierte, mit Sandwiches in den Taschen und Kopfsalat für Raskolnikow. Er erschien bei Kaffeeklatschs, Tanzveranstaltungen und Bingospielen, entgegen den herkömmlichen Weisheiten von Republikanern und Demokraten. Die Umfragen waren ihm egal, er war nicht auf den großen Triumph aus. Aber er und die kleine First Lady elektrisierten jeden, den sie trafen. Er machte Punkte im Herzen des Landes, gewann Leute, die bei einer landesweiten Wahl noch nie mitgestimmt hatten. Er war für Tim genauso gefährlich wie für den Prez. Er machte Wahlkampf ganz allein für Isaac Sidel.

Aber Sindbad war nicht wirklich auf Stimmenfang. Er wollte Pamela Box in sein kleines Netz ziehen. Er hätte das Weiße Haus anrufen können. Aber es war nicht vorgesehen, dass die Nummer zwei auf dem Ticket der Demokraten mit Calder Cottonwoods Stabschef konferierte. Er überlegte, ob er zum Riverrun Estates zurückfahren und vor Ferdinand Antonescus Tür Wahlkampf führen sollte. Doch Pamela hätte seine wahren Motive erkannt, hätte Sindbad sofort durchschaut. Also führte er Wahlkampf mit einer Ratte in einem Schuhkarton. Pamela war nicht gekommen, um sich auf ihn zu stürzen, und das wunderte Sindbad.

Eines Nachmittags, er probierte gerade in einem Kaufhaus außerhalb von Philadelphia eine Hose an, erschien Pamela dann. Sie trug ein sexy Lederoutfit, das für eine Stabschefin ein wenig gewagt schien.

Sie duckte sich unter dem kleinen Vorhang durch und kam direkt zu Isaac in die Umkleidekabine. Sindbad war gebieterisch. Er gab ihr einen kalkulierten Kuss. Und sie rockten vollständig nackt in der Kabine, obwohl Isaac mordsmäßig zu tun hatte, ihr die Lederhose abzustreifen.

»Pam«, flüsterte er.

»Sag nichts.«

Sie berührte die Decke, während Isaac in sie eindrang. Er sah Pamela in die Augen. Sie enthüllten, was Isaac bereits vermutet hatte. Sie hatte keine Angst vor ihm oder seinen Tricks. Er betrachtete im Spiegel ihren Rücken, diese herrlichen, muskulösen Linien.

Sie knabberte an seinem Ohr, zog sich an, stahl sich aus der Kabine, und Isaac fragte sich, ob das Weiße Haus wohl Kameras in der Wand versteckt hatte. Sie rauchte eine Zigarette, als Isaac in seiner neuen Hose herauskam.

»Chinos«, sagte sie, »wie ein Erstsemester auf dem College.«

»Die sind praktisch. Der Hosenboden scheuert nicht durch, wenn man dauernd unterwegs ist.«

»Und J. Michael mittragen muss. Denn ohne dich macht er keinen Stich bei den Meinungsumfragen.«

»Warum bist du gekommen, Pam?«

»Ich war neugierig… ich wollte wissen, wie du schmeckst, mein Lieber. Aber nicht in einem gewöhnlichen Bett. Das wäre banal gewesen.«

»Und? Wie habe ich geschmeckt?«

»Wie ein Demokrat, der demnächst eine Wahl verlieren wird.«

»Pam, verschätz dich nicht in J. Er kann richtig heiß werden. Und dein Mann liegt im Koma.«

»Er wird schneller aufwachen als ein Baseballzar.«

»Schön. Und ich werde J. mittragen, wenn's sein muss. Ich habe ein ziemlich breites Kreuz.«

»Ich weiß. Ich habe es mir angesehen, während du dir meinen Rücken angesehen hast… erzähl mir jetzt nicht, ich wäre dein neues Schätzchen. Was zum Teufel willst du vom Weißen Haus?«

»Ein bisschen Wirklichkeit.«

»Wirklichkeit? Da bist du im falschen Geschäft.«

Sie segelte aus dem Kaufhaus und verschwand in einer schwarzen Limousine aus Brighton, Pennsylvania, bevor die Fernsehteams, die Isaac und der kleinen First Lady folgten, mitbekamen, dass Pam auch nur in der Nähe gewesen war. Isaac verließ Brighton nicht. Er bewachte den Schuhkarton, während Marianna die Gracie Mansion anrief und eine halbe Stunde mit Aljoscha redete. Er trank eine Coke, während sich die Hälfte aller Einwohner vor dem Laden versammelte. Er holte Marianna ab und plauderte mit der Schuhschachtel unterm Arm vor laufenden Kameras mit verschiedenen Leuten, wie ein Bürger mit neuen Chinos aus dem Kaufhaus.

»Isaac, werden Sie Amerika verändern?«

»Ma'am, ich hatte eigentlich gehofft, Amerika würde mich verändern.«

»Aber wie werden Sie uns vertreten?«

»So wie ich es jetzt auch mache. Zuhören. Und nächstes Jahr werde ich mir noch eine Hose kaufen. Was hat ein Vizepräsident denn sonst schon groß zu tun?«

Die Leute applaudierten, während die Fernsehkameras auf Isaac gerichtet waren.

»Ich werde mit Marianna Storm durchs Land reisen ... wenn ich sie aus der Schule entführen kann. Wenn ich gegen den Kongress kämpfen muss, dann tue ich das. Wenn ich mit dem Präsidenten streiten muss, gehe ich ins Weiße Haus und pfeife so laut ich kann.«

Er ging ins Kaufhaus zurück, während die Bevölkerung begeistert skandierte: »Citizen, Citizen, Citizen Sidel.«

Boyle flüsterte ihm ins Ohr: »Sir, worauf zum Teufel warten wir noch? Sie haben diese Blechdose hier erobert. Fahren wir weiter.«

Isaac trank noch eine Coke. Er lächelte, als Tim Seligman durch die Tür gewalzt kam. Die Falten auf seiner Stirn waren so tief, wie Isaac es noch nie bei jemandem gesehen hatte.

»Sidel, Sie stehen ab sofort unter Hausarrest, hören Sie? Von diesem Augenblick an reisen Sie nicht mehr für die Demokratische Partei. Wir werden diese kleinen Exkursionen nicht mehr finanzieren. Verdammt, J. Michael bekommt überhaupt keine Presse mehr, solange Sie und Marianna auf Tour sind. Ihr nehmt uns kostbare Sendezeit weg ... was ist in dem Schuhkarton da?«

»Dougy Knights Haustier, eine Ratte. Ich habe niemanden, bei dem ich sie lassen kann.«

Alle Leidenschaft und Energie verließen Tim. Er verbarg sein Gesicht in einem Taschentuch. »Ist Ihnen bewusst, was mit uns passiert, wenn bekannt wird, dass Sie und Marianna mit einer Ratte auf Wahlkampf gehen?«

Isaac begleitete Tim zu einem offenen Treppenhaus hinter dem Laden.

»Der Prez hat Dougy umbringen lassen. Ich kann doch seine Ratte nicht im Stich lassen.«

»Isaac, halten Sie den Mund. Sie können den Präsidenten nicht beschuldigen, Leute umzubringen. Wir stehen mitten in einem Wahlkampf, schon vergessen?«

»Nein, ich weiß es noch. Aber der Prez verliert jeden Tag mehr Punkte. Warum wehrt er sich nicht?«

»Er ist erledigt, und er weiß es.«

»Erledigt, ja? Er hat die Munition. Er könnte J. angreifen, könnte über seine faulen Grundstücksgeschäfte in der Bronx reden, vom Baseballzaren, der beinahe seine eigene Frau hätte umlegen lassen.«

»Calder sind die Hände gebunden. Wir haben eine Gegenleistung vereinbart.«

»Was für eine Gegenleistung?«

»Wir haben ihn in der Hand ... Fotos, Tonbänder. Calder mit all seinen Betthäschen.«

»Einschließlich Margaret Tolstoi.«

»Ja«, sagte Timmy, schon wieder ganz aufgeregt. »Einschließlich Margaret.«

»Und wie sind Sie an diese Bänder gekommen?«

»Ich kann Ihnen meine Quelle nicht verraten. Das wäre unmoralisch.«

»Kommen Sie, Timmy, Sie reden hier mit dem alten Commish. Sie haben ein bisschen mit dem FBI getanzt, was? Sie haben einen Deal mit Bull gemacht, haben ihm versprochen, ihn zu behalten, wenn Michael Präsident ist. Bull hat Ihnen dafür die Bänder überlassen.«

»Kein Kommentar.«

»Herr im Himmel«, sagte Isaac. »Ein Unschuldslamm wie Sie will den Wahlkampf der Demokraten führen.«

»Hören Sie auf.«

»Bull ist Calders Mann. Falls er mit Ihnen einen Deal gemacht hat, dann nur, weil Calder gesagt hat, dass er verhandeln soll … wie wollen Sie dem Prez schaden? Er hat ein paar Mäuschen, na und? Er ist Witwer, um Himmels willen. Das Land wird mit ihm mitfühlen. Sie haben nichts gegen ihn in der Hand. Nichts als Lappalien.«

»Und woher wollen Sie das wissen?«, sagte Timmy, der auf der Treppe hin und her schwankte.

»Ich habe Pamela in die Augen gesehen.«

»Wo? Wann?«

»Sie war zwei Stunden vor Ihnen in Brighton. Wir haben es hinter einem Vorhang getrieben … im Kaufhaus.«

»Sidel«, sagte Timmy langsam, »sind Sie eigentlich noch zurechnungsfähig? Mit der Stabschefin des Prez zu vögeln?«

»Darum geht's gar nicht. Wie gesagt. Ich habe in ihre Augen gesehen. Sie hat keine Angst vor uns. Sie kriegt sich nicht mehr ein vor Lachen.«

»Ich treffe mich mit dem Nationalen Komitee. Wir nehmen Sie aus dem Rennen, wir zwingen Sie, zurückzutreten.«

Isaac zog Tim ganz nahe an sich heran und drückte ihm einen Kuss auf die Stirn. »Schatzi, ich bin die einzige Waffe, die du noch hast.«

14

Isaac kehrte mit seiner kleinen Karawane in die Gracie zurück. Aljoscha war nicht untätig gewesen. Er bemalte wieder Wände, außerhalb des Schutzgebiets des Carl Schurz Parks. Er wandte sich ab von Isaac als Objekt seiner Kunst und malte stattdessen den jungen Doug ohne Bart oder Baskenmütze. Darunter schrieb er BENYA LEBT. Irgendjemand musste ihm Geschichten über das Schwarze Meer erzählt haben. *Benya lebt.* Dougys Leichnam war verschwunden, doch er selbst ragte auf Aljoschas Wänden empor.

Die Wandgemälde beunruhigten Isaac. Er sammelte seinen Chauffeur ein und fuhr mit ihm kreuz und quer durch Manhattan, bis er den Muralisten fand.

»Homey, auf deinen Kopf ist eine Belohnung ausgesetzt.«

Aljoscha stand auf einer improvisierten Leiter mit Malkreiden in der Faust und kolorierte gerade die Augen eines toten Mannes. Auf dem Gemälde hatte Dougy lila Augäpfel. Aljoscha war auf einem Hügel in Washington Heights. Isaac packte ihn *und* die Leiter.

»Onkel, das ist nicht fair. Ich hab zu tun.«

»Das sehe ich«, sagte Isaac und starrte Mr. Doug auf einer verlassenen, kaputten Wand an. »Und wer hat dir von Dougys Schicksal erzählt?«

»Bernardo.«

»Bernardo ist doch vollauf mit Clarice beschäftigt.«

»Für einen Joker hat er immer Zeit.«

»Wunderbar«, sagte Isaac.

Mullins fuhr sie zur Gracie Mansion zurück, aber Isaac stieg nicht aus dem Wagen.

»Onkel, verlässt du mich?«

»Ich muss deine alte Gang besuchen und herausfinden, was mit Benyas Leiche passiert ist.«

»Nimm mich mit«, sagte Aljoscha. »Onkel, ich sehne mich so nach der Bronx.«

»Die werden dir das Herz herausreißen und toasten wie ein Marshmallow.«

»Ich mag Marshmallows«, sagte Aljoscha.

Isaac entließ den Chauffeur. Mullins hatte ein schwaches Herz. Big Guy setzte sich selbst ans Steuer, überquerte die Madison Avenue Bridge und fuhr ins Jokers-Land. Er parkte auf der Featherbed Lane. Er trug die Glock hoch an der Hüfte, um zu zeigen, dass er keine Waffe verbarg, aber es schien niemanden groß zu interessieren. In der Featherbed Lane wimmelte es von Glocks.

Isaac marschierte ins Clubhaus der Jokers, eine verlassene Zahnklinik. Fünf oder sechs Jokers stürzten sich auf ihn.

»*Maricón*«, sagten sie, »du bist nicht unser Bürgermeister. Was hast du hier zu suchen?«

»Sechzehnhundert«, sagte Isaac.

»*Puta*, das ist nicht das Passwort.«

»Doch, ist es. Ihr habt Doug umgelegt, habt ihn nach Uptown geschleift. Was habt ihr mit seiner Leiche gemacht? Habt ihr an die Pennsylvania Avenue sechzehnhundert gespendet?«

»Hör mal, Big Balls, dieser Bandido-Cop hat Angel Carpenteros beschützt. Er wollte sich nicht mit uns duellieren. Er musste sterben.«

»Wo ist sein Leichnam?«

»Er war ein Held«, sagten die Jokers. »Wir verstümmeln keine Helden. Wir haben ihn eingewickelt und in Walhalla begraben.«

»Welches Walhalla?«

»Am Grund des Hudson River.«

»Ich glaube euch nicht«, sagte Isaac.

»*Maricón*, du kannst uns in unserer eigenen Mansion nicht Lügner nennen. Du bist genauso schuldig wie dieser Bulle. Angel Carpenteros ist dein Schützling.«

»Und ich bin stolz darauf. Soll ich jetzt heulen?«

Diese wilden Jungs starrten Isaac an. Sie sahen unterernährt aus in ihrer heruntergekommenen Clubhaus-Klinik. Isaac empfand das fast unbändige Verlangen, sie mit Karamellkeksen zu füttern.

»*Puta*«, sagten sie, »wir sorgen dafür, dass du was zum Heulen hast.«

Sie trommelten mit ihren Fäusten auf Isaac ein. Aber sie hatten nicht mit einem Bürgermeister gerechnet, der es liebte zu kämpfen. Big Guy war ein richtiger Schläger. Einen Joker schickte er mit einem Hieb zu Boden, einem anderen biss er ins Ohr. »Homeys, ihr werdet eure Catcher-Masken brauchen. Spielen wir Ball.«

Mit einem Mal wurde Isaac von einer großen Traurigkeit ergriffen. Die Jungs, gegen die er hier kämpfte, waren nur Flüchtlinge. Isaacs eigene Polizisten hatten die Gang dezimiert. Aber er hätte auf so beengtem Raum nicht sentimental werden sollen. Die letzten Jokers, sechs Jungs, zogen nun ihre Glocks.

»Big Balls, wir zählen bis drei.«

Die Jokers konnten nicht mal mit dem Zählen anfangen. Ein Wirbelwind tauchte auf, knallte sie gegen die Wand, schlug ihnen die Glocks aus den Händen. Es war Bernardo Dublin, der nominelle Kopf einer Gang, die er immer wieder verraten hatte.

Die Jokers kreischten auf. »Bernardo, du hättest uns sagen sollen, dass Big Balls auf deiner Liste steht.«

»Er ist der Bürgermeister. Erweist ihm ein wenig Respekt.«

»Aber er hat uns Lügner genannt. Wir sind hier nicht in Manhattan. Das hier ist die Featherbed Lane.«

Isaac musste seine Tränen mit den Händen verbergen. Die kleinen Mörder würden Bernardo so lange verehren, bis er sie alle verraten hatte.

»Bernardo«, sagte Isaac, »es ist eine Frage des *corpus delicti*. Deine Homeys bestehen darauf, dass Dougy Knight auf dem Grund des Flusses liegt. Ich glaube ihnen nicht.«

Bernardo schnappte sich zwei der Jokers. »Ihr habt Big Guy gehört. Was habt ihr mit Doug gemacht?«

»Bernardo, wir wollten ihn begraben. Aber die Feds haben eine Razzia in unserer Villa gemacht. Sie haben uns Geld dagelassen und sich Mr. Doug gekrallt. ›Mit freundlichen Grüßen von Sechzehnhundert.‹ Mehr haben sie nicht gesagt.«

»Und diese Neuigkeit habt ihr mir nie gemeldet?«

»Sollen wir etwa die Leute des Präsidenten verpfeifen?«

»Homeys, wie heißt der einzige Präsident, den ihr jemals haben werdet?«

»Bernardo Dublin.«

Bernardo verließ die Höhle mit Isaac Sidel. »Chef, soll ich versuchen, Dougy zurückzustehlen?«

»Nein. Jetzt ist es zu spät. Aber woher zum Teufel wusstest du, dass ich hier war?«

»Rembrandt hat mich angepiept.«

»Aljoscha?«

»Er macht sich Sorgen um Sie. Er sagt, Sie haben sich nicht mehr unter Kontrolle.«

In dem öffentlichen Haus eines Bürgermeisters schien Isaac nicht richtig zu funktionieren. Er sehnte sich nach seinem alten Apartment in der Rivington Street am Rand des Ödlands. Es war die persönliche und private Anschrift von Citizen Sidel.

Er schnappte sich den Schuhkarton, stahl sich ohne Secret Service aus der Mansion und fuhr per Anhalter runter zur Lower East Side, wie der berühmte Vagabund, der er war. Sidel. Er hatte Löcher in den Taschen, aber er besaß immer noch den richtigen Schlüssel zur Rivington Street. Er erreichte das Mietshaus, ging die Treppe hinauf und hatte die merkwürdige Vorahnung, dass er nicht allein war. Er drehte den Schlüssel im Schloss, drückte die Tür auf und ließ Raskolnikow aus der Schuhschachtel. Die Ratte hüpfte auf seine Schulter. Ihr Schwanz zuckte. Isaac brauchte kein anderes Barometer, um gewarnt zu sein. Er zog seine Glock. Doch eine Hand stieß ihn mit der Wucht eines Brecheisens. Er ließ die Kanone fallen. Er bekam eine Faust ins Gesicht. Er fiel auf den Hintern, aber die Ratte schmiegte sich immer noch um seinen Hals.

»Raskolnikow«, brüllte Isaac, »kannst du vielleicht mal was tun? Zeig deine Scheißkrallen.« Und dann begriff er, wer sein Angreifer war. Raskolnikow würde niemals Dougs Dad angreifen.

Captain Knight ragte über Isaac auf.

»Hoffe, es macht Ihnen nichts, Mr. Mayor, dass ich mir Ihr Apartment geborgt habe.«

»Ich hab ihn nicht umgebracht, Cap.«

»Aber Sie wissen, wer die Mörder sind, und Sie haben nichts unternommen.«

»Es ist Wahljahr, und …«

Der Captain verpasste ihm einen Tritt in den Brustkorb.

Die Ratte klammerte sich immer noch an Isaac. »Latin Jokers. Sie haben Catcher-Masken getragen.«

»Masken, Mr. Mayor? Aber wessen Hände haben hinter diesen Masken gesteckt?«

»Barton Grossvogel. Er hat …«

»Kleinkram.«

Er bückte sich, und Raskolnikow kletterte auf ihn. »Das ist ein guter Freund. Wussten Sie, dass ich dabei war, Mr. Mayor, an dem Nachmittag, als Doug die Ratte hier fand? Es war unheimlich. Er blickte zu uns auf, als würde er uns ins Gespräch verwickeln. Wir haben dem kleinen verhungernden Bastard zu fressen gegeben. Und damit gehörte er auf immer Dougy … er ging gar nicht mehr von seiner Schulter runter. Und denken Sie jetzt nicht, er wäre gezähmt. Das Biest ist so wild wie nur was. Eine Killerratte. Aber er muss sich wohl mit Doug verwandt gefühlt haben. *Coup de cœur.* So hätte Daniella es genannt. Donner im Herzen. Ich spüre auch einen Donner, Mr. Mayor. Aber es ist eine andere Sorte. Mit Liebe hat dieser Donner wenig zu tun.«

»Captain …«

»Sie haben ihr Wort gebrochen. Bin ich etwa nicht brav nach Arizona gegangen? Und sie haben Doug abgeschlachtet.«

»Aber er sollte das Ödland verlassen.«

»Wie konnte er es verlassen, wenn Bart Grossvogel die Gegend nach Belieben ausbluten lässt? Ein Mann hat schließlich ein Gewissen, oder?«

»Warum hast du dich überhaupt auf einen Deal mit denen eingelassen?«

»Was hätten Sie denn getan, Isaac, wenn der Präsident mit Ihnen telefoniert, wenn er Sie persönlich um etwas bittet, und wenn dann noch Bull Latham dahintersteht? Es war keine Lüge. Dougy hatte Leute erschossen. Er hatte sich strafbar gemacht. Ich habe bei ihrem Plan mitgespielt. Gott, die müssen meinen Jungen in kleine Stücke zerhackt und in hundert verwaisten Obstgärten vergraben haben.«

»Er wurde nicht im Ödland begraben.«

»Woher wissen Sie das?«

»Ich habe einen Trupp Totengräber jeden einzelnen Obstgarten abkämmen lassen. Die haben Doug aber nicht gefunden.«

»Na und? Ihre Totengräber taugen nichts.«

Isaac erwähnte nicht die anderen Totengräber, die aus der Pennsylvania Avenue sechzehnhundert. Er wollte seinen kleinen Privatkrieg gegen das Weiße Haus nicht unnötig komplizieren.

Der Captain nahm Raskolnikow und setzte ihn Isaac wieder auf die Schulter. »Ich würde ihn behalten, aber ich muss mit leichtem Gepäck reisen. Und Sie werden seine Gesellschaft brauchen, Sie trauriger Dreckskerl.«

Der Captain ließ Isaac auf dem Hintern sitzen und rannte aus der Tür. Isaac fuhr wieder uptown. Das Apartment gehörte ihm nicht mehr. Jemand anders hatte sich hier eingenistet.

Er schlief auf der Veranda, trank Mariannas Limonade. Er war kein Rachekünstler. Er konnte Calder und Bull nicht mit einem gekonnten Schlag vernichten, zumindest nicht, solange Bart sich in seiner Captains-Burg an der Elizabeth Street verschanzt hatte... und Anastasia sich in der Pennsylvania Avenue herumtrieb. Dann klingelte das Schicksal in Isaacs Ohr. Der Präsident kam ins Waldorf, würde in seiner Suite absteigen und hatte einen Ausflug ins Ödland angesetzt, wo er eine wichtige Rede halten wollte. Isaac rief J. Michaels Hauptquartier an, konnte aber Bernardo Dublin nicht finden. Bernardo konnte ihn vor den Jokers retten. Das war Kinderkram. Die Featherbed Lane. Er rief Clarice an, aber die war mit ihrem Leibwächter irgendwo unterwegs. Isaac hinterließ eine Nachricht. Sie rief nicht zurück.

Aber er war Sindbad der Seefahrer. Clarice kam zu ihm und hatte Bernardo dabei. »Diese Villa ist schlimmer als ein Bordell.«

»Was zum Teufel meinst du damit?«

»Du machst einfach die Augen zu und lässt meine Tochter, diese kleine Schlampe, mit einem jugendlichen Straftäter ins Bett gehen.«

»Aljoscha? Mein Gott, er und Marianna sind zwölf Jahre alt.«

»Fast dreizehn.«

»Schön, dann fummeln sie eben ein bisschen rum.«

»Und ich nehme an, du überwachst ihre Spielchen rund um die Uhr, ja?«

Marianna tauchte auf, drückte Aljoschas Hand. »Mutter, würdest du bitte nach Hause fahren.«

»Bernardo«, sagte sie, »ich befehle dir, sie zu kidnappen.«

Bernardo kratzte seinen roten Schnurrbart. »Ach, Clarice.«

Isaac ließ Raskolnikow aus der Schuhschachtel, und während Clarice aufkreischte und hinter einen dicken Polstersessel rannte, führte er Bernardo hinaus auf die Veranda.

»Sie hält einen ganz schön auf Trab, Chef. Sie lässt mich keine Sekunde aus den Augen. Ich hab mich mit Müh und Not von ihr loseisen können, um Sie aus der Bronx rauszuholen.«

»Nun, du wirst dich noch mal loseisen und einen Trupp aufstellen müssen.«

»Was soll der Trupp denn tun?«

»Dafür sorgen, dass Calder Cottonwood nicht getötet wird.«

Bernardo lachte mit seinen latino-irischen Augen. Er sah so gut aus wie ein Filmstar, aber er hätte nicht lange genug stillhalten können, um in irgendeinem Film mitzuspielen. Isaac nannte die Maldavanka.

»Wo ist das denn?«

»Das Ödland zwischen Catherine Street und Corlears Hook. Wo Dougy gestorben ist. Calder will einen Besuch dort machen. Und es könnte sein, dass er abgeknallt wird.«

»Von wem?«

»Captain Knight.«

»Und ich lege den Captain für Sie um?«

»Nein. Du bist ständig in seiner Nähe, hältst ihn vom Prez fern. Aber du tust ihm nichts, hörst du?«

»Wie heuere ich Leute an?«

»Du kannst aus meiner eigenen Einheit so viele Männer abziehen, wie du brauchst.«

»Und was kriege ich dafür?«

»Dankbarkeit«, antwortete Isaac.

Bernardo lächelte. Nie wieder würde Isaac einen Cop wie Bernardo Dublin rekrutieren. Sie gingen wieder ins Haus. Raskolnikow hatte Clarice bereits bezaubert. Die Ratte vollbrachte Wunder. Sie trug Streichhölzer auf ihren Barthaaren, baute ein schiefes Indianerzelt. Clarice klatschte in die Hände. Marianna flößte ihr Wodka Gimlets aus dem Kühlschrank der Mansion ein.

Clarice fielen schon die Augen zu. »Sindbad«, sagte sie, »hast du meinen Leibwächter geködert?«

Und schon schnarchte sie auf Isaacs Couch, die Arme um sich geschlungen.

15

Es war die Calder-Cottonwood-Show. Isaac konnte nicht mit den Tricksereien eines Präsidenten konkurrieren, der das Weiße Haus seit einem Monat nicht mehr verlassen hatte. Die Meinungsforscher sagten, er sitze in seinem eigenen Grab. Calder war noch nicht mal in sein Sommerhaus gefahren. Und dann tauchte er aus dem Nichts auf wie ein Komet, mit einem breiten präsidentenhaften Grinsen. Er war eins dreiundneunzig groß, und während der Schonzeit seines ersten Jahres an der Pennsylvania Avenue betrachteten die Republikaner sein Profil und behaupteten, es erinnere stark an Lincoln. Doch er stritt mit seinem eigenen Kabinett, musste seine beiden ersten Stabschefs feuern und war schon bald ein lustloser, recht unpopulärer Präsident. Er stellte Pam ein, und sie fing sofort an, den angerichteten Schaden ungeschehen zu machen.

Er traf mit der Air Force One auf dem JFK ein und trug das Modell eines riesigen Sozialbauprojekts, das seine persönlichen Architekten, Zauberer in dunklen Anzügen, in der Erste-Klasse-Lounge des Continental konstruiert hatten. »Eine Stadt in einer Stadt ... wie das Waldorf«, sagte er. »Aber meine Stadt wird nicht für die Superreichen sein. Ich werde dem übelsten Slum Manhattans das Herz herausreißen. Sechzehn Monate habe ich damit verbracht, die Pestilenz in diesem Dschungel auszurotten ... und auch in anderen Dschungeln überall in diesem Land. Aber Manhattan ist mein Baby. Hat nicht hier das zwanzigste Jahrhundert seinen Anfang genommen? Auf einem unbedeutenden kleinen Fleck Land mitten in der Bucht. Ellis Island. Wie viele unserer Großväter sind von diesem Portal aus nach Manhattan geströmt? Manche sind nach Chicago gegangen. Andere nach St. Louis. Aber wir werden hier anfangen, in *Century Town*. Und ich verspreche Ihnen, es wird keine Bürger zweiter Klasse mehr geben. Bezahlbarer Wohnraum mit luxuriösem Anstrich. Wir werden es landschaftsgärtnerisch gestalten, Gärten anlegen und Parks ... könnte ich bitte ein Glas Wasser bekommen? Mir ist ein wenig schwindlig.«

Und er verschwand, tauchte in seiner Fahrzeugkolonne wieder auf, mit Secret-Service-Männern auf dem Kofferraum seines Wagens, blockierte den Verkehr für drei Stunden, brachte das Chaos nach Manhattan, als er sich in die Garage der Waldorf Towers fädelte und dann mit einer Rot, Weiß und Blau tragenden Pamela Box im Fahrstuhl hinauf zur Präsidentensuite fuhr.

Er rief in der Gracie Mansion an und wollte, dass Isaac mit ihm in die Maldavanka fuhr, ihm dabei half, Century Town als Projekt beider Parteien aus der Taufe zu heben, ein republikanischer Traum in einem demokratischen Dorf. Aber Isaac nahm den Anruf nicht an. Seine Stellvertreter gerieten in Panik. Calder Cottonwood hatte es geschafft, Isaac Sidel zu vereinnahmen, ihn in einen kämpfenden kleinen Jungen zu verwandeln.

Tim Seligman hinterließ eine Nachricht. »Sidel, unterstehen Sie sich, mit diesem Arschloch da runterzufahren!«

Isaac brauchte einen Berater. Aber er hatte niemanden. Sein einziges Netzwerk bestand aus einer Ratte und zwei Kindern.

Er rannte aus seiner Villa, ließ seinen Chauffeur kommen und fuhr über die Verrazano Bridge zu einer noblen Irrenanstalt an der Arthur Kill Road. Er besuchte Becky Karp, die frühere Bürgermeisterin, die mitten in einer monstermäßigen Depression steckte. Sie hatte sich alle Haare ausgerissen und bereits zwei Selbstmordversuche hinter sich.

Isaac hatte sie damals eingewiesen. Sie hatte keine lebenden Angehörigen mehr, und sie war Isaacs Mündel geworden. Sie waren mal ein Liebespaar gewesen, als Rebecca Karp – eine ehemalige Schönheitskönigin, Miss Far Rockaway von 1947 – noch über die City Hall herrschte und Isaac der First Deputy Police Commissioner war. Das war, bevor Margaret Tolstoi wieder in sein Leben getreten war.

Becky kämpfte gegen jeden, aber sie hatte einen unfehlbaren Instinkt für alle Probleme, die nicht sie selbst betrafen.

Sie trug eine Perücke. Isaac erkannte sie kaum wieder. Miss Far Rockaway hatte fünfzig Pfund verloren. Sie war nur noch Haut und Knochen. Aber ihre Depression schien nachzulassen.

»Dieser Schwanzlutscher«, sagte sie. »Isaac, er will seine Puppenhaussiedlung in *unserer* Stadt bauen.«

»Ich kann seine Pläne sabotieren. Ohne mich bekommt er keine Baugenehmigung.«

»Sei nicht albern. Du wirst mitspielen müssen. Diese Runde geht klar an ihn.«

»Aber dann sieht es so aus, als würde ich für die Republikaner den Zuhälter machen.«

»Nein. Calder Cottonwood wird nach unserer Pfeife tanzen. Hilf mir beim Anziehen.«

»Warum?«

»Wir fahren zusammen in Calders Wagenkolonne, du Schmock.«

»Aber ich kann dich nicht entlassen, Becky. Das steht nicht in meiner Macht. Wir brauchen einen Psychiater, der dich begutachtet, und …«

»Isaac, es ist ganz einfach. Erkläre mich für geheilt. Irgendwer wird dir schon glauben.«

Isaac marschierte mit ihr am Empfang vorbei, aber ein Arzt verstellte ihnen den Weg.

»Mr. President, Sir, Rebecca ist nicht stabil.«

Isaac warf einen böse funkelnden Blick auf das Namensschildchen des Arztes. »Johnson, hier geht es um Leben und Tod. Ich muss mich mit der Bürgermeisterin beraten. Und das kann ich nicht hier tun. Ich bringe sie zurück. Versprochen.«

Der Arzt schaute Isaac in die Augen, sah dort Dringlichkeit und Wahnsinn. Am liebsten hätte er die beiden Bürgermeister in Zwangsjacken gesteckt, aber er musste sie ziehen lassen.

»Danke, Johnson, Sie werden es nicht bereuen. Ich werde einen Blick auf Ihren Etat werfen, und …«

»Bitte, Sir, verschwinden Sie in Gottes Namen endlich.«

Sie fuhren zurück über die Verrazano Bridge. Becky war fasziniert von den dunkel-orangefarbenen Säulen.

»Isaac, war diese alte Brücke früher nicht blau?«

»Noch nie«, beteuerte Isaac. »Warum hat Calder immer wieder Ellis Island erwähnt? Das ganze Land hasst New York.«

»Aber dich hasst das Land nicht. Dieser Wichser versucht, auf deinem Rücken zu reiten.«

Vor dem Waldorf hielten sie an. Von der Rezeption der Waldorf Towers aus ließ Isaac den Präsidenten anpiepen. »Sidel hier. Ich würde gern raufkommen.« Zwei Secret-Service-Männer mit dunklen Brillen begleiteten ihn und Becky zur

Präsidentensuite. Pam holte sie an der Tür ab, flüsterte Isaac ins Ohr: »Wer ist denn das Skelett? Frau Tod persönlich?«

Isaac beachtete sie nicht und ging mit Becky in das große Schlafzimmer, wo der Prez ausgestreckt auf einem Himmelbett lag, das kaum lang genug war für seine Beine. Er machte sich nicht über Rebecca Karp lustig.

»Hallo, Madam Mayor«, sagte er. »Schön, Sie wiederzusehen.« Er erhob sich aus dem Bett, um ihr einen Platz in einem schwarzen Schaukelstuhl anzubieten. »Das ist der Schaukelstuhl der Kennedys. Unbezahlbar. Es gibt nur noch drei weitere Stühle wie diesen auf der Welt. In diesem Stuhl kann ich am besten nachdenken.«

Dann setzte er sich wieder und winkte Isaac zum Himmelbett herüber. »Sie sind der Commish. Sagen Sie es mir, haben die Kennedys Marilyn umbringen lassen?«

»Alles ist möglich, Mr. President.«

Calder zwinkerte Rebecca Karp zu. »Er redet wie ein Politiker. Will sich auf nichts festlegen. Aber ich finde, es ist eine Schande. Beide Brüder vögeln sie, Jack und sein kleiner Generalstaatsanwalt. Bobby hab ich noch nie gemocht. Sie war ein *großmütiges* Mädchen, eine schizophrene Prinzessin. Sie haben ihr das Herz gebrochen.«

»Mr. President«, sagte Pam, »müssen Sie noch länger über die arme Marilyn Monroe sprechen?«

Calder schnappte sich ein Buch von seinem Nachttisch und warf damit nach Pam. Sie hätte leicht ein Auge verlieren können, wenn nicht einer der Secret-Service-Männer das Buch abgefälscht hätte.

»Kommen wir zu den Einzelheiten«, sagte sie. »Isaac, wo genau werden Sie fahren? Am Schluss der Wagenkolonne?«

Isaac starrte Becky Karp an. »Bei Ihnen«, sagte er.

»Unmöglich. Wir können Calder nicht mit einem Demokraten im selben Wagen fahren lassen. Die Leute werden...«

Der Präsident funkelte sie an. »Halten Sie den Mund. Mir gefällt das. Zwei Pioniere. Cottonwood und Sidel.«

»Und Becky Karp«, sagte Isaac. »Becky fährt mit uns.«

»Gekauft. Mr. Mayor, ich bin dabei, mich in Ihre Stadt zu verlieben. Wir knöpfen uns diesen gottverfluchten Slum vor und machen ein Paradies daraus.«

Becky schaukelte auf JFKs Stuhl. »Calder«, sagte sie, »lass den Scheiß. Dein Paradies ist ein Märchen. Keine Regierung kann sich das leisten. Du bist in unseren Hinterhof gekommen und hast uns mit runtergelassenen Hosen erwischt. Bravo. Wir werden die Fiktion durchziehen müssen, dass Isaac dir helfen wird, Shangri-La zu bauen. Wir sitzen nebeneinander, wir lächeln... und anschließend schlagen wir uns weiter gegenseitig die Köpfe ein.«

»Ich liebe dieses Mädel«, sagte der Präsident. »Isaac, Sie sind ein verfluchter Glückspilz. Ich könnte sie Ihnen klauen und zu meiner Kriegsministerin machen.«

»Mr. President«, sagte Pam, »wir haben keine Kriegsministerin. Sie meinen Verteidigungsministerin.«

»Nein«, sagte Calder und lächelte Becky Karp an. »Ich meine Krieg.«

In der riesigen Limo des Präsidenten fuhren sie die Fifth Avenue hinunter, Secret-Service-Männer überall auf den Dächern. Calder saß zwischen Becky und Isaac, die Hände hinter dem Kopf verschränkt wie ein Schwergewichtschampion.

Sie erreichten das Ödland, holperten über kaputte Straßen, und in ihrem Gefolge kamen Menschenmengen zusammen.

Die Limo hielt auf einer ausgebrannten Fläche, wo in Paradeuniform Barton Grossvogel mit seinen Männern stand. Mit einem frischen weißen Handschuh salutierte er vor dem Präsidenten. Und Calders Szenario begann einen Sinn zu ergeben. Aha, sinnierte Isaac wie ein Downtown-Hamlet, ein Mann mit Gedächtnisschwund, der plötzlich aufwachte. Die Wichser konnten es sich nicht leisten, Dougy dabeizuhaben. Dougy hätte ihnen die Feier versaut in seiner orangefarbenen Hose. Ein Bulle außer Kontrolle, der einen Stadtteil beschützte, den Calder für sich selbst beanspruchte.

Isaac half Becky beim Aussteigen. Sie konnte spüren, dass es in ihm brodelte. Sie schob ihn weiter, lotste ihn auf die ungedeckte Seite des Präsidenten herüber. »Bleib ruhig. Du ruinierst uns noch, wenn du explodierst.«

»Aber er wird aus Bart einen Scheiß-Superhelden machen.«

»Den stoßen wir vom Sockel, wenn die Zeit gekommen ist. Beherrsch dich jetzt.«

»Ich kann nicht.«

»Isaac, wenn du ein Weichei bist, fahre ich sofort zurück nach Staten Island.«

»Bleib«, sagte Isaac, »bleib.« Und er trat – mit einem mörderischen Lächeln um den Mund – zu Calder, Pam und Bart. Bernardo Dublin konnte er nirgends entdecken. Einen Moment wünschte er sich, Captain Knight würde auftauchen und Calder beseitigen. Aber der Prez stand mitten in einem dichten Kokon von Secret-Service-Leuten. Isaac selbst war Teil dieses Kokons. Er befummelte die Auszeichnungen, die Captain Barts Jacke bedeckten.

»Euer Ehren, ich habe jede einzelne verdient.«

»Worauf du einen lassen kannst...«

Calder streckte die Arme aus und winkte Isaac und Captain Bart zu sich.

»Liebe Leute«, sagte er, und seine Worte trieben auf dem heißen Wind. »Ich bin kein Drückeberger. Ich habe euch nicht alle in diese Einöde gerufen, damit ihr euch ein nichtssagendes Geschwätz anhören könnt. Ich beabsichtige, hier zu bauen. Doch diese Idee wäre nicht möglich gewesen ohne Bart Grossvogel, ohne den Captain, der für diese Gegend verantwortlich ist. Ihr steht an einer Stelle, die früher mal eine Räuberhöhle war. Und Bart hat die Räuber rausgeworfen. Alle. Er ist mein Rabbi hier in Manhattan ... zusammen mit Isaac Sidel.«

Isaac rutschte immer tiefer in seinen Anzug. Die Bürger der Maldavanka starrten ihn an, als hätte er den demokratischen Esel verraten. »Isaac«, raunte eine alte Frau ihm zu. »Isaac, hast du den Verstand verloren?«

Der Prez sabbelte von all den weltlichen Kathedralen, die er in der Prärie von Downtown errichten würde. Und schon bald war die Maldavanka so was wie Kansas und Nebraska geworden. Reporter jagten Isaac, bettelten um ein Interview.

»Kinder«, sagte er, »heute ist Calders Tag. Warum sollte ich ihm die Show stehlen?«

Er beobachtete die Straßen, als Bernardo Dublin mit dunkler Sonnenbrille und auf Inlinern auftauchte. »Chef, wenn Captain Knight irgendwo hier ist, muss er unsichtbar sein.«

Fotografen machten Schnappschüsse von Isaac mit dem Prez. Becky umklammerte Isaacs Hand. »Kleiner, bring zu Ende, was du begonnen hast. Wir fahren mit ihm zurück zum Waldorf.«

Isaac wurde immer missmutiger, als sie aus dem Ödland fuhren. Pam ließ das Mobiltelefon des Präsidenten vor seiner

Nase baumeln. »Tim Seligman. Wird wohl dringend sein, wenn er Sie auf der Leitung des Präsidenten anruft.«

Becky schnappte sich das Telefon. »Seligman, Sie können Citizen Sidel jetzt nicht stören. Er denkt nach.« Und sie warf das Telefon Pamela auf den Schoß.

Der Prez wollte nicht mehr zurück in die Heimlichkeit der Waldorf Towers. Er schritt die Stufen an der Park Avenue hinauf, betrat mit Isaac Sidel das Hauptfoyer und mischte sich unter andere Gäste, während der Secret Service einen enger werdenden Kreis um ihn bildete. Doch er durchbrach den Kreis für einen Walzer mit einer Braut, die ihre Flitterwochen hier im Hotel verbrachte. Er hatte seinen monatelangen Winterschlaf aufgegeben und brannte nun darauf, zu reden und zu tanzen. Isaac starrte die Secret-Service-Männer mit ihren Sonnenbrillen und Knopfmikros an und musste lächeln. Einer von ihnen war deutlich vierschrötiger als die anderen, er trug einen Anzug, der nicht so recht zu passen schien … und er trug eine Glock in der Hose, wie Sindbad selbst. Es war Captain Knight. Isaac wartete nicht auf das Glitzern der Kanone. Er sprang auf, warf sich auf den Präsidenten und die Waldorf-Braut und bekam eine Kugel in die leicht gepolsterte Schulter seines Anzugs. Die Braut schrie auf. Gäste warfen sich auf den Boden und versteckten sich hinter Möbelstücken, während die Secret-Service-Männer sich gegenseitig behinderten bei dem Versuch, den Präsidenten abzuschirmen. Captain Knight war in dem Durcheinander längst wieder verschwunden.

Isaac zog seine Glock. Er hatte Blut an der Schulter. Er wollte Captain Knight nicht erschießen. Er wollte ihn vor dem Secret Service retten. Er stürmte durch eine Tür in die Eingeweide des Waldorf, wo sich die Küche befand. Es war, als ob er träumte. Er stolperte in eine Art Kochschule. Er sah zehn oder fünfzehn Köche mit weißen Kochmützen, Schlagsahnespritzen in den Händen, die sich an einem Riesenberg Süßwaren zu schaffen machten. Die Küche schien überhaupt kein Ende zu nehmen. Sie war größer als das Waldorf.

»Meine Herren«, sagte er, »ist Ihnen zufällig ein Mann mit einer dunklen Sonnenbrille begegnet?«

Die Köche sahen ihn mit einem gewissen Mitleid in den Augen an.

»Mr. Mayor, Sie bluten.«

Er marschierte zurück hinauf ins Foyer. Der Präsident saß auf einem vergoldeten Stuhl. Der Chefarzt des Waldorf kam zu Isaac gerannt, schnitt mit einer chirurgischen Schere sofort sein Schulterpolster weg.

»Ach«, sagte Isaac, »ist doch nur ein Kratzer.« Dann sah er schwarze Punkte vor seinen Augen.

16

Die Kugel hatte Isaacs Arm lediglich gestreift, ohne ins Fleisch einzudringen. Man gab ihm die Cole-Porter-Suite, wo der gleiche Arzt wie vorher Isaacs Wunde versorgte. Das Waldorf wurde mit Anrufen bombardiert. Isaacs eigenes Schicksal war wie ein Ballon mit zu viel Auftrieb. Innerhalb weniger Stunden war er von einem Überläufer zum großen Helden avanciert, der sein Leben riskiert hatte, um Calder Cottonwood zu retten. Das neue Traumpaar der Meinungsforscher hieß jetzt Cottonwood-Sidel, als verlangte die Nation einen Präsidenten und Vizepräsidenten, die sich nicht nach dem üblichen Getöse der politischen Parteien richteten.

Sidel hatte die gesamten beschissenen Abläufe durcheinandergebracht. Er war wie eine höhere Gewalt, die außerhalb aller Energiefelder agierte. Niemand konnte ihn bändigen, außer Rebecca Karp, die in Windeseile wieder in ihre Irrenanstalt an der Arthur Kill Road gekarrt worden war, während Isaac in Cole Porters Bett schnarchte. Wie es wohl war, fünfundzwanzig Jahre in einem Hotel zu leben, das ein Art-Déco-Schlachtschiff hätte sein können? Im Schlaf schrieb Isaac Porters Biografie um, erinnerte sich an einen Mann, der von einem Pferd fiel, wobei ihm beide Beine zertrümmert wurden, der ein Krüppel wurde und ohne Krücken nicht mehr gehen konnte, aber von seiner Suite im Waldorf aus immer noch in die ganze Welt reiste. Isaac war mit Cole Porters Liedern aufgewachsen. Er hätte dem Teufel seine Glock überlassen, wenn er dafür »Begin the Beguine« hätte schreiben können.

Er war wie ein *zweiter* Präsident. Das Waldorf hatte seine Initialen auf seine Handtücher und seinen Bademantel sticken lassen. Er rief die Arthur-Kill-Irrenanstalt an. »Becky, ich wollte dich nicht alleinlassen…«

»Du musst dich nicht entschuldigen. Ich hatte genug Aufregung für ein Jahr. Pass gut auf dich auf, Isaac. Du schwimmst in einem Meer voller Haie.«

»Und wenn ich nicht schwimme?«

»Die werden dich trotzdem bei lebendigem Leib fressen.«

»Ich könnte aus dem Rennen aussteigen. Kann ich mich nicht für immer in Cole Porters Bett verkriechen?«

»Manhattan kann Verlierer nicht leiden. Das Waldorf würde dir einen Tritt in den Hintern geben und dich hochkant auf die Straße setzen.«

Aber es kam kein Portier mit weißen Handschuhen, um Isaac eine Rechnung zu präsentieren. Er war der verwundete Krieger. Er musste keinen Wahlkampf machen. Er prangte auf den Titelseiten von *Fortune* und *Vanity Fair*. Mit zerschrammtem Gesicht. Sindbad. Er hatte Fanclubs in zweiundvierzig Staaten, und er war immer noch nicht aus dem Bett gekommen. Wenn ihn nach Würstchen gelüstete, dann kamen Würstchen, mit den besten Grüßen aus der Küche. Die Küche des Waldorf war Tag und Nacht für Sindbad geöffnet.

Er wünschte sich, die Zeit bis November würde ohne ihn vergehen, dass er einfach die Augen schließen und der Wahl entfliehen könnte. Er hinterließ an der Rezeption des Towers die Anweisung, ausschließlich Anrufe von Marianna, Angel und Rebecca Karp zu ihm durchzustellen. Sein Telefon klingelte, und als er die Stimme nicht sofort erkannte, knurrte er: »Wer ist da?«

»Calder hier. Können Sie sich in zwanzig Minuten mit mir im Bull & Bear treffen? Ich wäre Ihnen sehr verbunden.«

Das Bull & Bear war ein Restaurant für Geschäftsleute *innerhalb* des Waldorf. Isaac musste sich nicht groß anziehen. Wie ein Kranker schlurfte er in Hausschuhen und Morgenmantel in den Fahrstuhl. Die Mittagszeit war vorbei, und das Restaurant war abgesperrt worden für den Präsidenten, der in einem Leinenanzug an der achteckigen Mahagonitheke stand, während Isaac auf das elektronische Band des Börsentickers im Bull & Bear starrte, obwohl er der reinste Säugling war in Angelegenheiten, die den Markt betrafen.

»Ich hätte mich bei Ihnen bedanken sollen«, sagte Calder. »Möchten Sie einen Drink?«

Isaac sah keinen einzigen Secret-Service-Mann.

Er nahm eine Limonade. Der Prez umklammerte ein Glas Weißwein. Er blinzelte einmal, und der Barkeeper verschwand. Sie waren jetzt ganz allein im Bull & Bear.

»Es ist kein Fünf-Sterne-Restaurant«, sagte Calder. »Aber ich mag ihren Caesar Salad. Möchten Sie sich lieber setzen?«

»Nein«, sagte Isaac. »Es ist angenehm hier.« Er konnte sich vorstellen, wie Cole Porter an einer dieser acht Ecken Champagner geschlürft hatte.

»Ich bin verwöhnt. Es kommt mir so vor, als würde der Laden mir gehören... das war Captain Knight, richtig? Der geheimnisvolle Fremde. Hat er Ihnen absichtlich in den Arm geschossen? War das alles nur großes Schmierentheater?«

»Das bezweifle ich, Mr. President. Sie haben seinen Sohn umbringen lassen.«

»Ich werde mich nicht mit Ihnen streiten, Sidel. Der Service hat mich hängen lassen. Einen Verrückten mit dunkler Sonnenbrille, der sich als einer von ihnen ausgab, hätten sie entdecken müssen … wie konnte er entkommen?«

»Durch die Küche. Schon mal dort unten gewesen, Calder? Da geht's zu wie auf einem Militärstützpunkt.«

»Wie schlafen Sie, Junge?«

»Wie ein Prinz. Ich habe Cole Porters Bett.«

»Ich kann nicht schlafen. Ich habe Albträume. Margaret ist verschwunden. Nicht mal Bull Latham kann sie finden. Ist Sie bei Ihnen in der Suite gewesen? Ich würde Ihnen sofort das Präsidentenamt überlassen, wenn ich dafür Margaret zurückhaben kann.«

»Calder, haben Sie mich aus dem Bett geholt, um meine Nase in Bockmist zu reiben? Ihre Männer bewachen meine Tür. Die Hälfte aller Kellner, die mich versorgen, arbeitet für Sie. Ich mache jede Wette, das sind Ihre Poker-Kumpane in der Air Force One.«

»Ich kann ohne Margaret nicht leben.«

Isaac ließ seine Limonade auf dem Mahagonitresen des Bull & Bear stehen. Er zog sich an. Seine Hände waren alles andere als ruhig. Er ließ sich vom Hotelfriseur rasieren. Er betrachtete sich dabei im Spiegel. Er war blass wie ein enterbter Pfirsich …

Seine Heimkehr verlief recht unspektakulär. Von seinen Stellvertretern war weit und breit nichts zu sehen. Marianna war wahrscheinlich mit ihrem Muralisten im Park. Er konnte weder Boyle noch Joe Montaigne finden. Er stieg zu seinem Schlafzimmer hoch und schaute in zwei silbrigrote Augen.

»Raskolnikow«, sagte er. »Raskolnikow.«

Doch die Ratte wollte nicht springen, wollte sich nicht um Isaacs Hals legen. Sie blieb auf dem Kopfkissen liegen. Und damit hatte Isaac nun keinen einzigen Verbündeten mehr.

17

Fern vom Waldorf konnte Big Guy nicht mehr schlafen. Am liebsten hätte er sich Cole Porters Bett ausgeliehen. Schließlich dämmerte er doch weg, in einen Traum, der weder Tag noch Nacht war. Isaac hatte eine merkwürdige Zone betreten, in der er wie ein Kinobesucher war, der Schlachten in seinem eigenen Kopf verfolgte. Der augenlose Seemann tauchte auf. Sindbad. Er harpunierte jemanden, stieß heftig zu. Isaac hörte einen Schrei, erkannte das Opfer des Seemanns. Es war Isaac selbst.

Er stand von der Couch auf, trank ein Glas Wasser, fütterte Raskolnikow. Er erkannte die unfehlbare *Richtigkeit* von Sindbads roter Harpune. Sie wollten ihn umbringen. Calder und Konsorten. Und der Mörder würde jemand sein, der Sidel nahestand. Dessen war er sich sicher.

Er könnte Becky in ihrer Irrenanstalt Gesellschaft leisten, ein paar Flüsse zwischen sich und die Mörder bringen, wer immer sie auch sein mochten. Und dann kündigten sich die Mörder selbst an. Bull Latham war mit Captain Grossvogel, Clarice und Bernardo Dublin gekommen.

»Jetzt keine krummen Sachen mehr«, sagte Clarice, nachdem Bull Marianna aus ihrem Zimmer heruntergebracht hatte. »Ich habe eine richterliche Anordnung. Ich bin hier, um mein kleines Mädchen zu holen.«

Marianna wand sich in Clarices Armen, während Aljoscha auf der Treppe stand.

»Würde mich nicht einmischen«, sagte Bull zu Isaac. »Oder lieg ich da falsch, Bart? Denn dann müsstest du unseren Kandidaten festnehmen, weil er der Staatsgewalt Widerstand leistet.«

»Aber Clarice selbst hat mir Marianne ausgeliehen.«

»Ausgeliehen«, trällerte Bart, »das ist das entscheidende Wort. Und jetzt will die Ausleiherin sie zurückhaben.«

Marianna fing an zu weinen. »Onkel Isaac, lass nicht zu, dass die mich mitnehmen. Ich komme sowieso zu dir und Aljoscha zurück.«

»Das erinnert mich an was«, sagte Bart. »Wir haben hier noch eine richterliche Anordnung. Allem Anschein nach ist Ihr kleiner Mann aus einem Hotel für böse Jungs in Peekskill weggelaufen. Den werden wir auch mitnehmen müssen.«

Und er sammelte Aljoscha von der Treppe ein. Isaac stürzte sich auf Bart, doch Bernardo sprang ihm in den Weg. »Chef«, raunte er, »die würden Sie liebend gern vermöbeln.« Und er ließ Isaac los und verschwand mit Clarice, Bart, den beiden Kindern und Bull Latham.

Die Mansion war wie ein Leichenschauhaus. Isaac tigerte ziellos herum und fragte sich, ob sein Dienstmädchen Miranda wohl das Essen vergiftet hatte. Sollte er sein ganzes Scheiß-Personal feuern, in der Gracie kampieren wie Robinson Crusoe? Ihm war, als bohrte sich eine rote Harpune in seine Seite. Der Bürgermeister hatte sie nicht mehr alle.

Er musste Raskolnikow anbetteln, dass er wieder zurück in den Schuhkarton kletterte. Er brauchte eine ganze Stunde, um die Ratte zu überreden. Dann lief er mit der Schachtel ins Ödland, zurück zur Rivington Street. Er ging zu seinem alten

Apartment in der Hoffnung, dort vielleicht mit Captain Knight alles bereden zu können. Wo sonst konnte ein Abtrünniger sich verstecken? Aber Isaac hatte sich den falschen Captain ausgesucht. Es war Captain Bart, der auf Isaacs Sofa auf ihn wartete, Bart und zwei seiner Männer bewaffnet mit Pumpguns, die selbst einen Bären zur Strecke gebracht hätten. Fast lächelte Isaac. Seine Träume hatten ihn nicht getrogen. Die rote Harpune war da. Und Isaac konnte diesen falschen Sindbad identifizieren.

»Tja«, sagte Bart, »wenn das mal nicht unser kleiner Liebling ist? Ich bin ganz außer Atem, Schatz. Sollen die Jungs dir erzählen, wie ich zur Rivington Street gerannt bin? Suchst du etwa Captain Knight? Wir haben ihn knapp verpasst, sonst hätten wir ihm das Hirn weggepustet. Der hat vielleicht Nerven. Will unseren Präsidenten massakrieren. Und du bist jetzt der kleine Held, Liebling, was? Wirfst sich einfach zwischen Calder und die Kugel. Aber du hattest uns was voraus. Du wusstest, dass Captain Knight ins Waldorf kommen würde. Und wir stehen da wie die letzten Vollidioten … Isaac, kannst du dich noch an ein paar Gebete erinnern? Du wirst sie nämlich brauchen. Calder hat uns grünes Licht gegeben. Nun hat er natürlich nie gesagt, ›Legt Isaac um‹. Aber er hat durchblicken lassen, dass deine Gesundheit ihn nun wirklich nichts angeht. Dass du von ihm aus gern von der Oberfläche des Planeten verschwinden kannst, und er wird sich auch bestimmt nicht die Augen ausheulen … hast du noch irgendwas zu sagen? Deine letzten Worte interessieren mich wirklich.«

»Du hättest die Catcher-Masken nicht klauen sollen.«

Bart zwinkerte seinen Männern zu. »Da ist er schon so gut wie tot und denkt nur irgendeine saublöde Scheiße. Welche Catcher-Masken?«

»Die, die du den Latin Jokers gegeben hast.«

»O ja. Ich habe die Idee von dir und deinen Delancey Giants geklaut.«

»Bart, habe ich dir je geschadet, als ich noch der Commish war?«

»Nein, nein, überhaupt nicht. Aber wir waren in der gleichen Klasse auf der Akademie. Und ich habe gesehen, wie du aufgestiegen und immer weiter aufgestiegen bist wie ein großer Feuerball, während sämtliche irischen Chiefs deine Flamme geschürt haben.«

»Du warst nicht in meiner Klasse. Daran würde ich mich erinnern.«

»Genau das ist es ja. Ich bin nicht aufgefallen. Ich musste mich immer durchschlagen. Ich musste im Dunkeln kämpfen. Und dafür muss jetzt jemand büßen. Warum nicht du?«

Er beugte sich mit seiner ganzen Masse vor und schlug Isaac. Blut spritzte bis unter die Decke. Isaacs Lippe war aufgeplatzt, aber er umklammerte immer noch den Schuhkarton. Einer von Bartons Jungs attackierte Isaacs Beine mit dem langen Lauf seiner Pumpgun. Isaac stolperte, prallte gegen eine Lampe; die Birne unter dem Schirm zersplitterte.

»Was hält der da so fest umklammert, Bart? Hortet er irgendwas? Hat er Geld in der Schachtel?«

Bart knallte ihm noch eine. Blinde Gestalten erschienen vor Isaacs Augen, als wären da viele Sindbads. Aber sie trugen keine Speere. Sie stolperten, genau wie Sidel. Sie hätten durchaus die Einzelteile seiner Persönlichkeit sein können. »Ihr Arschlöcher«, rief er, »ich weiß nicht, wer ich bin.«

Barton knuffte seine Männer in die Seiten und lachte. »Er tritt ab wie ein echter Sieger, findet ihr nicht auch, Jungs?«

»Wo sollen wir ihn beseitigen, Bart?«

»Genau hier. Soll er doch in einer leeren Wanne verbluten. Der Gerichtsmediziner wird's dann Selbstmord nennen.«

»Das ist brillant, Bart.«

Isaac öffnete den Schuhkarton, Raskolnikow wirbelte in die Luft, zerkratzte Bartons Augen, biss ihm die halbe Nase ab, während seine beiden Komplizen wie versteinert dastanden. Isaac trat die Pumpguns aus ihren Händen, schlug sie in eine schmale Lücke hinter dem Sofa. Er spürte Raskolnikow neben seinem Hals. Barton saß auf dem Boden und umklammerte, was von seiner Nase noch übrig war.

»Wenn du das nächste Mal einen Mann umbringen willst, Bart, dann gib vorher nicht so sehr an damit.«

Isaac rief einen Krankenwagen, wartete aber nicht auf ihn. Bart konnte sich um sich selbst kümmern. Sollte er nur schön erklären, was er in Isaacs Wohnung zu suchen hatte mit zwei Pumpguns und einer halben Nase.

Isaac hatte einen Gast, als er das Tor der Mansion erreichte. Der Schlächter von Bukarest mit seinen gesamten Habseligkeiten. Einkaufsbeutel, Bücher, ein kleiner Handkoffer.

»Ach«, sagte Isaac, »haben Sie genug von Alexandria, Onkel Ferdinand? Margaret ist verschwunden, und Calder hat sich gerächt, hat Sie ausgesperrt aus dem schicken Pflegeheim, das das Bureau für senile Doppelagenten unterhält.«

»Ich bin weggelaufen … mit Margarets Hilfe.«

»Margaret ist in Manhattan?«

»Mehr oder weniger. Sie hat mir versprochen, dass Sie mich aufnehmen.«

»Ich sollte Sie ersäufen.«

»Hat man schon versucht. Aber mir wachsen Kiemen, wenn ich unter Wasser bin. Wie sonst hätte ich das Schwarze Meer überleben können?«

Darauf hatte Isaac keine Antwort. Er führte Ferdinand mitsamt seinen Beuteln und dem kleinen Koffer in die Gracie Mansion.

Sie waren wie zwei Bären. Sie schauten fern, sie spielten Schach. Isaac konnte nicht einschlafen, wenn Ferdinand in der Nähe war. Er hätte den Schlächter in einem der Schlafzimmer einschließen sollen, aber er konnte einem Hausgast gegenüber nicht brutal sein. Er schlief mit Raskolnikow auf seiner Decke. Die Ratte war Wecker genug.

Und nach Ferdinands fünfter Nacht in der Mansion wurde Isaac ein wenig ruhiger. Sie verspeisten gemeinsam eine große Packung Schokoladensorbet von Bloomingdale's. Isaac pfiff im Schlaf, und als er aufwachte, war er in seinem eigenen Schlafzimmer mit Armen und Beinen an einen antiken Stuhl gefesselt. Raskolnikow war nicht auf dem Bett.

Ferdinand stand neben dem Kamin. Der Raum war voller Rauch. Der Dreckskerl machte an einem heißen Septembertag ein Feuer.

»Wie sind Sie hier reingekommen? Die Tür ist mit einem Kombinationsschloss gesichert... die ist unüberwindbar. Kein Einbrecher hätte dieses Schloss knacken können.«

»Aber ich bin kein Einbrecher, Monsieur. Und Ihr kleines Schloss war Kinderkram.«

»Wo ist Raskolnikow? Sie dürften nicht mehr am Leben sein.«

»Ich war ein vertrautes Gesicht. Sie haben mich in die Nähe Ihrer Ratte gelassen. Ich habe ihn in einen Sack gesteckt. Im Moment liegt er in seinem Schuhkarton im großen Kleiderschrank.«

»Sie haben was in das Sorbet gemischt.«

»Ja, ein bisschen Schlafpulver. Immerhin musste ich ja auch davon essen. Es war köstlich.«

Mit einem Schürhaken in der Hand drehte er sich zu Isaac um. Der Haken glühte rot.

»Margaret hat Sie nicht geschickt. Sie kommen direkt vom Präsidenten.«

»So ungefähr«, sagte Ferdinand. »Ich bin ein Folterknecht. Alte Angewohnheiten schüttelt man nicht so einfach ab. Was kann ich sonst tun?«

»Und Sie wollen mir die Augen ausbrennen?«

»Am Ende«, sagte Ferdinand. »Aber ich bin ein Künstler, Monsieur. Ich würde nie direkt mit den Augen anfangen.«

»Sie suchen doch nicht einmal nach Informationen.«

»Informationen? Es gibt nichts, was ich von Ihnen wissen will.«

»Dann werden Sie mir einfach nur so zum Spaß die Augen ausbrennen, Ferdinand, altes Haus?«

Isaac hätte sich in die Hose machen sollen. Die Zähne hätten ihm klappern sollen. Ihm war nicht klar, warum er keine Angst hatte.

»Bist du bereit, Sindbad?«

Der Schürhaken streifte Isaacs Kinn. Die Hitze war entsetzlich. Er hörte ein Rascheln. Der Schürhaken flog in die Luft. Ferdinand jaulte und schrie. Margaret Tolstoi mit den langen goldblonden Haaren einer Meerjungfrau war eingetroffen. Mit einem einzigen Schlag setzte sie ihn außer Gefecht.

»Du wirst ihn verletzen«, sagte Isaac. »Er ist ein alter Mann.«

»Liebling, um ein Haar wäre ich nicht rechtzeitig hier gewesen.«

»Er ist nur noch so ein Waschlappen, der mich ermorden will. Calder schickt seine Killer aus.«

»Calder hat ihn nicht geschickt. Ferdinand operiert auf eigene Rechnung. Er ist aus dem Riverrun ausgebrochen und hat sich gedacht, stell ich doch einfach mal ein bisschen Unsinn an… ich bin die Attentäterin, die Calder geschickt hat.«

Sie löschte Ferdinands Feuer. Dann setzte sie sich rittlings auf Isaacs Schoß und küsste ihn, solange seine Hände noch festgebunden waren. Und jetzt fing er an zu zittern, weil er Margaret Tolstoi niemals verstehen würde. Ihn zu küssen oder ihn zu töten mochte letzten Endes auf das Gleiche hinauslaufen: perfekte, endlose Verzückung, die nur ein Mann wie Sindbad oder Isaac Sidel je erkennen würde. Würde sie ihn erdrosseln? Sie schaffte es, ihm die Hose herunterzuziehen. Sie liebte ihn wie ein Henker, ritt Isaac mit in den Nacken geworfenem Kopf, das honigblonde Haar der Meerjungfrau in seinen Augen. Bin ich tot?, fragte er sich. Gut. Dann muss ich mich weder Demokraten noch Republikanern stellen. Aber er würde Raskolnikow, Aljoscha und Marianna Storm vermissen.

Margaret löste ihm die Fesseln.

»Du bist seine einzige Schwachstelle«, sagte sie. »Verstehst du das denn nicht? Michael ist ein Nichts.«

»Ein Nichts im November?«

»Jetzt oder im November. Ein Nichts. Calder hat sich nicht im Griff. Er ist eifersüchtig auf dich. Und er kennt keine Grenzen, Liebling. Er ist der Präsident. Er kann das Chrysler Building in die Luft jagen, wenn ihm danach ist.«

»Aber J. Michael schlägt ihn in den Meinungsumfragen.«

»Nicht wirklich, nicht ohne dich als seinen Vize … aber es geht nicht nur um Politik. Er kann nicht ertragen, dass wir als Kinder ineinander verliebt waren. Dass *unsere* Vergangenheit viel tiefer reicht als seine und meine.«

»Das ist deine Schuld«, sagte Isaac. »Du hättest bei ihm nicht die Scheherazade spielen, ihm kein Märchen erzählen dürfen.«

»Idiot. Es ist das einzige, was dich am Leben gehalten hat. Calder liebe die Einzelheiten. Und er hat euch an den Eiern. Ich schwöre es.«

»Nein. Michael wird aufwachen.«

»Liebling, Michael steckt mitten in einem Albtraum.«

»Seit wann?«

»Seit Bull Latham mit ihm und Clarice geplaudert hat. Zwei Tage nach dem Nominierungsparteitag der Demokraten. Egal, ob er gewinnt oder verliert, er wird niemals vereidigt werden. Du weißt alles über seine fingierten Landkäufe, aber da ist noch viel, viel mehr. Er hat Geld seiner eigenen Firma in Florida unterschlagen, andernfalls hätten er und Clarice sich nicht über Wasser halten können. Marianna hätte ihre Privatschule aufgeben müssen … Ein Held unserer Zeit. Der Mann, der den Baseball gerettet hat. Isaac, der Prez hat ihn in der Tasche. Michael wird die erste öffentliche Debatte absichtlich versemmeln.«

»Er gibt nicht so schnell auf.«

»Liebling, hast du ihm in letzter Zeit mal in die Augen gesehen?«

»Er lässt mich nicht an sich ran. Er hat Marianna gestohlen.«

»Um dich noch mehr zu isolieren, um dich zum Geist der Gracie Mansion zu machen.«

»Und was ist mit Dougys Geist? Spukt er in der Pennsylvania Avenue herum?«

»Ich habe Doug im Rosengarten begraben... in Riverrun.«

»Er liegt in Alexandria zwischen all den anderen Spionen?«

»Weißt du eine bessere Tarnung? Niemand wird sich je um Dougys Grab scheren. Liebling, es war das Beste, was ich tun konnte.«

Isaac starrte auf die Tür seines Schrankes. »Meine Güte, das hab ich glatt vergessen.«

Er öffnete die Schranktür und befreite Raskolnikow aus der Schuhschachtel. Die Ratte sprang auf seine Schulter und sah Margaret an, aber seinen metallischen Liebesschrei ließ er nicht hören. Das hier war nur eine Meerjungfrau, nicht Marianna Storm.

TEIL FÜNF

18

Isaac brauchte technische Unterstützung. Es war die einzige Möglichkeit. Er verfügte nicht über die Feuerkraft, den Vereinigten Staaten den Krieg zu erklären. Er fuhr zu seinem Elektronikfachmann, der Mikrobe genannt wurde. »Mikrobe« hatte einen Laden an der Liberty Street. Er war sehr wählerisch, was seine Kundschaft betraf. Er war der beste Abhörspezialist der Branche. Alfred Smart. Er hatte bereits ein eigenes Labor gehabt, bevor seine Vorgesetzten bei Westinghouse mitbekamen, dass er freiberuflich für die Mafia tätig war ... und für eigenbrötlerische Bürgermeister wie Isaac Sidel.

Er verließ sein Geschäft niemals. Er war wie ein Thomas Edison im Kleinformat, ein pathologisch missmutiger Gnom. Aber er verehrte Isaac. Seine Jalousien waren unten. Isaac musste eine Ewigkeit lang klopfen. »Mikrobe, ich bin's.«

Isaac stand dort, während Eisenstangen quietschten. Die Mikrobe hatte sich verbarrikadiert. Die Tür öffnete sich. Isaac drängte sich hinein, und die Mikrobe, ein altersschwacher junger Mann von nicht mal dreißig mit den dunkelsten Ringen unter den Augen, die Isaac je gesehen hatte, schob die Eisenstangen zurück an Ort und Stelle.

»Alfred«, sagte Isaac. »Ich brauche was.«

»Ja. Sie sind wie ein kopfloses Huhn in einer Schießbude.«

»Ich brauche was«, murmelte Isaac.

»Der Tod hockt Ihnen auf der Schulter. Ich rieche seinen Gestank. Womit kann ich Ihnen helfen?«

»Eine Wanze«, sagte Isaac, »eine so hervorragende Wanze, dass das Bureau sie auch mit noch so viel Schütteln nicht wegbekommt.«

»Sie wollen eine Wanze, die niemand finden kann? Dann Finger weg von allem, was Kabel hat. Wir nehmen was Digitales. Aber ich muss Sie warnen. Der Klang ist nicht so toll. Wie dicht kommen Sie an das Ziel heran?«

»Nase an Nase.«

»Perfekt. Mein Baby hat eine Reichweite von fünfzig Zentimetern. Und es funktioniert auch nur drinnen. Schon die leiseste Brise kann es zerstören.«

»Drinnen, Alfred. Ein Restaurant.«

»Mit Kellnern, die in der Nähe herumlungern?«

»Ich sorge dafür, dass die Kellner verschwinden. Ich werde meine Werwolf-Nummer abziehen und sie anknurren.«

»Zu viel Nebengeräusche, und Baby fängt an zu pfeifen.«

»Ich brauche keine Stradivari, sondern nur eine Wanze, die einen Tick zu clever ist für Bull Latham.«

Die Mikrobe stand auf, stocherte in dem Schutthaufen hinter sich und brachte einen Gürtel aus Krokodilleder zum Vorschein. Er ließ den Gürtel vor Isaacs Nase baumeln. »Ziehen Sie den an.«

Isaac nahm seinen eigenen Gürtel ab und legte das kleine Baby der Mikrobe an. »Genial. Das Gerät steckt in der Schnalle.«

»Machen Sie sich nicht über mich lustig, Isaac. Nur ein Schwachkopf würde sich für die Schnalle entscheiden. Mein Baby ist ins Leder eingenäht.«

»Wie schalte ich es ein?«

»Das Baby schaltet sich selbst ein. Wenn Sie das Gespräch abspielen möchten, berühren Sie einfach die Metallzunge, und schon beginnt das Baby zu schnurren.«

»Ich mach mir Sorgen. Wenn Bull mitbekommt, dass ich hier war, wird er dich dann verfolgen?«

»Wahrscheinlich. Aber ich hab noch einen Laden hier um die Ecke. Und besonders lange kann er mich auch nicht verfolgen. Seine besten Geräte bekommt der Idiot von mir. Sein eigener Laden produziert nur Mist.«

Isaac wischte sich die Augen mit einem Taschentuch. Alfred versuchte, ihn zu trösten. »Was ist los?«

»Du müsstest eigentlich Milliardär sein, so wie Bill Gates. Trotzdem sitzt du in einem Scheißhaus an der Liberty Street fest.«

»Ach, Bill Gates, Bill Gates… Wer will schon in Seattle leben? Da regnet's doch dauernd.«

»Aber es ist wunderschön dort, Alfred. Ich bin selbst schon mal da gewesen. Der Kaffee ist sagenhaft. Du hast die Berge, sieben Hügel, das Meer. Man kommt sich dort vor wie auf dem Dach der Welt.«

»Ich doch nicht. Ich verreise nie.«

Isaac kehrte in die Gracie Mansion zurück, rief das FBI an. »Sidel hier. Ich möchte mit dem Director sprechen.«

»Er ist im Moment nicht zu sprechen, Sir. Kann ich ihm etwas ausrichten?«

»Sagen Sie Bull, ich liebe ihn. Tschüss.«

Isaac saß in seinem Sessel, pfiff leise vor sich hin, nahm Isaac Babels *Geschichten aus Odessa* in die Hand und las über Benya Krik, den König der Maldavanka, der seine Schwester Deborah unter die Haube bringt, eine vierzigjährige Jungfrau mit Kropf, einer krankhaft vergrößerten Schilddrüse, die ihr einen permanent angeschwollenen Hals beschert. Der König lädt jeden Bettler der Stadt zur Hochzeit seiner Schwester ein. Die Polizei ist drauf und dran, die Hochzeitsfeier vorzeitig abzubrechen, Benya Krik festzunehmen, ihn vor all den kleinen Ganoven der Maldavanka zu demütigen, die sich in ihren orangefarbenen Hosen in der Spitalstraße eingefunden haben. Doch die Polizei kommt nie an. Die Handlanger des Königs stecken ihre Kasernen in Brand, und sie müssen schnell nach Hause, um den Brand zu löschen. Es gab nur einen König von Odessa, Benya Krik…

Das Telefon klingelte. Isaac war in seiner eigenen Maldavanka in der Nähe der Williamsburg Bridge in die Geschichte von Gangstern am Schwarzen Meer versunken und ließ das Telefon erst mal klingeln. Schließlich knurrte er in den Hörer: »Sidel am Apparat.«

»Das war ja mal eine tolle Nachricht, Isaac. Damit bin ich zum Stadtgespräch geworden. Meiner Zentrale zu sagen, dass Sie mich lieben!«

»Ach, das war nur ein kleiner Valentinsgruß, Bull. Unter Killern und Freunden.«

»Was zum Teufel wollen Sie von mir?«

»Wir treffen uns in einer Stunde im Bull & Bear.«

»Das ist doch die Tränke vom Prez. Ich kann nicht in sein Revier einfallen.«

»Das Bull & Bear.«

»Ich bin in D.C., um Himmels willen.«

»Quatsch. Sie sind in Manhattan. Sie sind mir zugewiesen worden, Bull. Ich bin das Kreuz, das Sie tragen müssen. Und seien Sie pünktlich.«

Bull saß bereits an einem Ecktisch, als Isaac vom Foyer des Waldorf aus das Restaurant betrat. Er schrieb gerade Autogramme. Seine Zeit bei den Dallas Cowboys schien nie in Vergessenheit zu geraten.

Isaac setzte sich. Neben Bull Latham wirkte er wie ein Zwerg.

»Sie sind verkabelt, stimmt's?«, sagte Bull.

»Sie dürfen mich gern filzen. Ich bin nicht schüchtern.«

»Sinnlos. Sie waren bei Alfred Smart. Dem trau ich glatt zu, dass er eines seiner Gerätchen in Ihrem Bauchnabel versteckt hat. Ich müsste Sie filetieren und ausnehmen… apropos, ich werde Ihren Nager verhaften. Ihre kleine Ratte hat Bart Grossvogel das halbe Gesicht weggefressen.«

»Es ist Dougys Ratte, nicht meine. Ich musste sie adoptieren. Sie hätten den jungen Doug nicht umbringen sollen.«

»Sprechen Sie ruhig lauter, Sidel. Alfreds Mikros sind sensationell, nur ihr Klangbild könnte etwas weicher sein.«

»Sie können mit Tim Seligman tanzen, Marianna stehlen und zu Clarice zurückbringen, aber das ist alles nur Theater. Sie sind der Mann des Präsidenten.«

»Ich bin neutral«, sagte Bull mit einem Lächeln.

»Sie sind der Mann des Präsidenten, und Tim ist ein Trottel. Der kapiert noch nicht mal, dass J. Michael drauf und dran ist, Calder die Wahl zu überlassen. Haben Sie J. zu Tode erschreckt? Haben Sie ihm und Clarice mit Gefängnis gedroht? Das sind doch zwei Kinder. Aber Sindbad steht direkt hinter ihnen. Und wenn's sein muss, übernehme ich Michaels Part.«

»Darauf mach ich jede Wette.«

»Was für eine Akte haben Sie denn über mich, Bull? Dick wie ein Telefonbuch?«

»Dicker. Sie haben mit der Mafia unter einer Decke gesteckt, Sie haben Leute umgebracht.«

»Aber ich habe nie auch nur einen Dime angenommen. Amerika mag Desperados. Man wird mich Wild Bill Hickok oder Wyatt Earp nennen. Ich werde Calder zermalmen... ich bin ein bisschen verrückt, Bull. Das wissen Sie. Ich möchte, dass Sie Bart Grossvogel abservieren, seinen Arsch an die Luft setzen.«

»Warum sollte ich das tun?«

»Weil Sie stürzen werden, wenn Sie sich nicht von ihm distanzieren.«

»Drohen Sie mir etwa, Mr. Mayor?«

»Ja, Bull... haben Ihre Mikros das schön aufgezeichnet? Ich werde Sie und ihn mit Dougys Tod in Verbindung bringen.«

»Captain Knight hat den jungen Doug umgebracht. Waren Sie nicht selbst auf seiner Beerdigung?«

»Sie sind ein Mörder, Bull.«

»Werden Sie bei Ihrem Police Commissioner Anzeige gegen mich erstatten? Irgendwie mag ich Sweets. Ich habe bei mehreren Spezialeinsätzen mit ihm zusammengearbeitet.«

Carlton Montgomery III. alias Sweets hatte am College Basketball gespielt, genau wie Calder Cottonwood. Sein Pa war Zahnarzt, ein schwarzer Millionär. Er war der einzige Mann Amerikas, vor dem Isaac Angst hatte, sein eigener PC.

»Barton ist ein krummer Hund«, sagte Isaac.

»Sweets wird ihn niemals festnehmen, Kleiner. Ohne Barton Grossvogel hätte Calder kein Komitee zur Verbrechensbekämpfung. Und Sie verlangen von Ihrem PC, dass er sich dem Präsidenten der Vereinigten Staaten widersetzt? Sweets ist nicht so selbstmörderisch veranlagt wie Sie.«

»Und was, wenn Captain Knight wieder auftaucht? Er wird eine ziemlich tolle Geschichte zu erzählen haben.«

»Der Mann ist auf der Flucht. Er hat versucht, den Prez umzubringen. Er wird erschossen, sobald er sich irgendwo zeigt. Und dieses Gespräch würde ich jetzt gern beenden. Ich habe Hunger. Darf ich Sie zum Mittagessen einladen?«

»Nee«, sagte Isaac und schaute zur achteckigen Theke des Bull & Bear hinüber. Er hätte sein Leben in diesem Hotel verbringen können, jeden Nachmittag hier essen, aber ohne Bull Latham. Er hatte verschissen, selbst mit seinem Gürtel aus Krokodilleder. Er konnte Bull nichts anhaben. Sie lachten ihn nur aus.

Aus dem Foyer des Waldorf rief er One Police Plaza an. Er musste warten. Der Commish sprach nicht sofort mit ihm. Ein Hotelangestellter sprach Isaac an. »Werden Sie heute Ihre Suite benutzen, Sir?«

Sindbad-Sidel hatte es in der Welt zu etwas gebracht. Nach Belieben konnte er Cole Porters Bett benutzen. Er murmelte: »Ja … nein … ja.«

»Sehr wohl, Sir. Wir werden Pfefferminzschokolade auf Ihren Nachttisch legen. Und ein wenig frisches Obst.«

Sweets meldete sich. »Du kannst nicht einfach so in die One PP kommen. Das gibt hier einen Aufstand. Jeder verfluchte Bulle in diesem Haus will dir die Hand schütteln.«

»Dann komm ins Waldorf.«

»Isaac, ich habe eine Pressekonferenz in … «

»Die kannst du verschieben. Du bist der Commish. Ich warte auf dich. In der Cole-Porter-Suite.«

»Isaac, du bist ein Junge aus Downtown. Was zum Teufel machst du im Waldorf?«

»Ich wohne hier … manchmal.«

Sweets setzte sich ans Klavier und spielte für Isaac Sidel Cole Porter. Er war knapp zwei Meter groß und musste seine Beine unter der Klavierbank nach hinten klemmen.

»Ich will, dass du Barton Grossvogels Laden zumachst«, sagte Isaac.

»Feuer mich, Mr. Mayor. Such dir einen Jasager. Ich lasse mich nicht in dein Duell mit dem Prez hineinziehen.«

»Bart ist ein Gangster.«

»Ich weiß ... aber gerade jetzt kann ich ihn nicht fallen lassen. Du wirst deine eigene Polizei kompromittieren. Die Zeitungen werden uns Isaacs Herzbuben nennen. Ich spiele bei der Präsidentenpolitik nicht mit ... wer zum Henker hat den Kerl überhaupt in der Elizabeth Street zum Captain gemacht?«

Isaac zuckte mit den Achseln. »Weiß nicht mehr.«

»Du warst das. Es war das Ödland. Du wolltest einen rauen, harten Bullen. Und der Prez entschied sich für Bart, um die Gegend zu schleifen.«

»Mit Leichen im Boden.«

»Wer war sein bester Soldat?«

»Der junge Doug.«

»Nein. Margaret Tolstoi.«

»Sie war eine Leihgabe des Weißen Hauses.«

»Isaac, du kannst Bart nicht ohne Margaret haben, Weißes Haus hin oder her. Wenn ich ihm Handschellen anlege, dann lege ich auch ihr Handschellen an. Wie gefällt das unserem zukünftigen Vizepräsidenten? Du hast mich hierher geholt. Lass mich ein bisschen Cole Porter einatmen.«

Isaac stand neben dem Klavier, und zusammen sangen sie »Begin the Beguine«.

19

Er schlief im Waldorf und hatte grässliche Albträume. Eine blondbehaarte Ratte verschlang seinen ganzen Arm, wie eine Python oder ein Wal. Mitten in der Nacht wachte Sindbad auf. Er lutschte ein Stück Pfefferminzschokolade, aß einen Pfirsich. Nichts davon brachte ihm Trost.

Um fünf Uhr morgens zog er sich an und ging zu Fuß hoch zur Gracie Mansion, während um ihn herum die Sonne aufging und der Fluss sich vor ihm ausbreitete. Schleppkähne erkannten Sidel, grüßten ihn mit ihren Nebelhörnern. Es war wie ein Ständchen. Niemand konnte sich diese Stadt unter den Nagel reißen, Calder nicht und auch Bull Latham nicht. Isaac wurde von Panik ergriffen. Er wollte nicht in D.C. leben, wollte kein eigenes kleines Büro im Weißen Haus. Aber er musste den jungen Doug rächen, oder die Geister der Maldavanka würden ihn für den Rest seines Lebens verfolgen.

Martin Boyle erwartete ihn im Frühstückszimmer.

»Boyle, haben sie dich wieder aus dem Zoo gelassen?«

»Sorry, Sir, ich war auf Sauftour.«

»Wo ist Joe Montaigne?«

»Bei Marianna, Sir.«

»Pamela hat dich indoktriniert, stimmt's? Sie hat dir deine Schleimpunkte gestrichen, weil du Sidel ein bisschen *zu* nahegekommen bist, richtig? Du sollst mir das Leben retten *und* mich ausspionieren… Boyle, sag die Wahrheit, bist du bereit, das Gesetz zu brechen?«

»Ja, Mr. President.«

»Würdest du Marianna für mich entführen?«

»Mit Vergnügen, Sir. Ohne ihre Kekse kann ich nicht leben.«

»Ich auch nicht… weißt du, wo Clarice sie versteckt hat?«

»Ich kann es herausfinden.«

»Von wem?«

»Joe Montaigne.«

»Ist er uns gegenüber loyal?«

»Das war er immer, Sir. Aber er ist für Marianna abgestellt. Er muss in ihrer direkten Nähe bleiben.«

»Und wenn ich meine Augen schließe, Boyle, wenn ich ein Nickerchen auf dem Sofa mache, wenn ich für ein paar Stunden eindöse, weil ich mich hundeelend und beschissen fühle, wirst du mich dann mit einer schönen Überraschung wecken?«

»Ich werde mein Bestes tun, Sir.«

Und Isaac nickte ein. Er träumte von einem merkwürdigen Parfüm. Karamell. Mit einem Lächeln wachte er auf. Marianna war in der Küche mit ihren Backhandschuhen, die wie die Handschuhe eines Catchers beim Baseball aussahen. Joe Montaigne und Martin Boyle standen vor der Spüle wie zwei Zwerge, die Schneewittchen Gesellschaft leisteten.

Isaac tappte in die Küche, umarmte Marianna Storm.

»Liebling«, sagte sie, »ich kann nicht gleichzeitig backen und küssen.«

»Tut mir leid«, sagte Isaac. »Sorry.«

»Warum hast du so lange gewartet, um mich zu retten? Und wo ist Aljoscha?«

Isaac ließ die Ratte aus dem Schuhkarton. Raskolnikow sah Marianna an und machte – mit einem gepfiffenen Liebeslied – einen Luftsprung.

»Ach, Aljoscha«, sagte Isaac. »Den werden wir auch noch finden.«

Der Wachtposten vom Tor rief an. »Es gibt Ärger, Sir. Es ist der Commish.«

»Große Güte«, sagte Isaac. Er überredete Raskolnikow, in die Schuhschachtel zurückzukehren, und schickte Marianna mit Martin Boyle und Joe Montaigne nach oben, wo sie sich auf dem Speicher verstecken sollten. Er schloss die Tür zur Küche, aber der Karamellduft hatte sich bereits im ganzen Haus ausgebreitet.

Sweets kam hereinmarschiert und überreichte Isaac ein Blatt Papier. »Ich decke dir nicht den Arsch. Hier hast du mein Rücktrittsgesuch.«

Isaac stopfte sich das Blatt in den Mund und kaute.

»Toll, ein erwachsener Mann isst einen Brief auf. Aber ich kann jederzeit einen neuen kritzeln, Chef.«

»Hat Bull dich geschickt?«

»Ist das verboten? Seit wann ist das Bureau in New York City geächtet?«

»Er ist der Mann des Präsidenten.«

»Ach, halt doch den Mund, oder ich leg dir Handschellen an. Ich bin den Reportern ausgewichen, Isaac. Ich habe mich heimlich uptown geschlichen. Aber wenn du nicht binnen vierundzwanzig Stunden Michaels kleines Mädchen wieder ablieferst, werde ich dich und diese beiden Secret-Service-Clowns verhaften lassen.«

»Sweets, es ist die einzige Möglichkeit, wie ich von Michael eine Reaktion bekomme.«

»Noch mal, Chef, halt verdammt noch mal den Mund. Wie oft muss Marianna in einem einzigen Wahlkampf denn entführt werden?«

»Aber sie will bei mir wohnen. Sie hasst ihre Mom und ihren Dad.«

»Dann geh wegen ihr vors Vormundschaftsgericht … wo ist das Nagetier?«

»Was?«

»Isaac, du kannst keine Ratte als Haustier halten. Möchtest du verantwortlich sein, wenn die Beulenpest ausbricht?«

»Sweets, ich schwöre, er ist praktisch menschlich. Er heißt Raskolnikow. Er war Dougs Bodyguard … im Ödland.«

»Soll ich die Kammerjäger schicken oder händigst du mir die Ratte freiwillig aus?«

Isaac holte Raskolnikow aus dem Schuhkarton. Die Ratte starrte Sweets direkt in die Augen, und der Commish musste sich festhalten, so stark zitterte er plötzlich. In den Augen der Scheiß-Ratte lag all die Traurigkeit von New York City.

»Verdammt«, sagte Sweets, »pack ihn wieder in seine Wiege, und ich werde vergessen, dass ich ihn je gesehen habe. Ich will keine schlechten Träume. Aber wenn du das Mädchen nicht herschaffen kannst, bin ich fertig mit dir.«

Und Sweets verließ die Villa. Isaac holte seine drei Flüchtlinge vom Dachboden, und Raskolnikow tanzte zwischen Mariannas Beinen.

»Wo ist Michael?«

»Ich weiß es nicht genau«, sagte Marianna. »Mom erträgt es nicht, wenn er sich am Sutton Place aufhält. Sie ist viel zu sehr mit Bernardo Dublin beschäftigt.«

»Jungs«, sagte Isaac zu Martin Boyle und Joe Montaigne, »gibt es ein Bordell, das er regelmäßig benutzt, oder irgendwas?«

»Tja«, sagte Joe Montaigne, »ich bin ihm ein paar Mal bis zur Executive Suite gefolgt... das ist so was wie die Hintertür in den Rainbow Room... Sie wissen schon, Milliardäre, Spitzenpolitiker, Vorstandsvorsitzende...«

»Und J. Michael Storm. Wo ist das?«

»Es gehört zu einem Fitnesscenter im Alhambra, einem Hotel in Midtown.«

Das Telefon klingelte. Sindbad schnappte sich den Hörer. »Sidel am Apparat.«

»Du Schwanzlutscher. Rühr dich nicht von der Stelle.«

Und J. Michael tauchte vor Isaacs Tür auf. Er verbannte seine Secret-Service-Männer auf die Veranda.

»Sindbad der Seefahrer. Du verfluchter Dreckskerl.«

Er schlug Isaac auf den Mund. Und Sindbad landete wieder mal auf seinem Hintern.

»Dad«, sagte Marianna, »wag es nicht, ihm wehzutun.«

»Baby, ist mit dir alles okay?«

Und Michael fing an zu weinen. »Ich halte den Stress nicht mehr aus. Ich werde abdanken.«

»Dad, du kannst nicht abdanken. Du bist kein König.«

»Du«, er zeigte auf Isaac, »nach oben.«

Und sie zogen sich in die kleine Bibliothek im ersten Stock zurück.

»Du bist undankbar«, sagte Michael. »Ich leihe dir meine Tochter aus, und dann stiehlst du sie mir.«

»J., ich musste dir Feuer unterm Hintern machen. Ich hab's ja nicht mal geschafft, einen Gesprächstermin mit dir zu bekommen. Weißt du eigentlich, wie oft ich darum gebeten habe?«

»Ich mache Wahlkampf, du Arschloch.«

»Das ist ja das Problem«, sagte Isaac. »Das machst du eben nicht... Bull Latham hat dich nach Sleepy Hollow geschickt.«

»Was hat das jetzt wieder zu bedeuten?«

»Er hat dich und Clarice so lange bequatscht, bis du den Wahlkampf aufgegeben hast.«

»Isaac, schaff dir deine Spione vom Hals. Die taugen nichts.«

Sindbad packte Michael am Kragen. »Ich könnte dich erwürgen. Ich hab kein Problem mit ein paar Jahren im Knast. Wäre mir sogar ganz recht... J., du warst der Beste. Ich war stolz auf dich, selbst als ich noch als Polizist auf der anderen Seite der Barrikade stand. Das ganze Land hat dich im Fernsehen gesehen... du hast Spinoza vorgelesen und John Donne. Du hast gesagt, dass Bildung kein Spielball nationaler Politik ist...«

»Isaac.«

»... und dass Worte für sich allein schon Teil der Revolution sind.«

»Das ist Jahrhunderte her, achtundsechzig.«

»Genau das ist das Problem. Wir bewegen uns die ganze Zeit über rückwärts. Wenn wir nicht sehr gut aufpassen, versinken wir in einer neuen Steinzeit.«

»Du kannst es dir erlauben, romantisch zu sein. Du bist ja auch nur mein Kandidat als Vize.«

»Hör schon auf. Du hast mit dem Prez einen Deal gemacht.«

»Lass meinen Kragen los … ich fege dich von der Liste, dann hab ich dich endlich vom Hals. Du bist eine wandelnde Katastrophe.«

»Michael, hör mir zu. Die Arschlöcher können dir nichts. Du hast deine Anwaltskanzlei beklaut, und wen interessiert's? Wir werden es ein Darlehen nennen. Der Prez hat einen Mann umbringen lassen. Bull ist in die Sache verwickelt. Ich werde sie mit ihrem Arsch an die Wand nageln, wenn sie J. Michael Storm nicht in Ruhe lassen.«

»Du? Du kannst nicht mal eine Maus beschützen.«

»Gib uns nicht auf.«

»Isaac, sie haben das ganze Beweismaterial. Ich war ein blödes Arschloch.«

»Kämpf gegen ihn, J. Bitte. Der Prez wird untergehen. Kämpf gegen ihn.«

»Ich kann nicht. Aber du kannst Marianna bis Ende des Monats behalten. Und sei vorsichtig. Gegen dich haben sie auch jede Menge Scheiße in der Hand.«

Er drückte Isaac einen Kuss auf die Stirn. »Verrückter Kerl, du warst der beste Rabbi, den ich je hatte.«

Und er verschwand aus der Villa, schleifte seine Leibwächter hinter sich her, während Isaac vor sich hinmurmelte: »Präsident Storm, Präsident Storm.«

20

Calder hätte sich mit Michael in San Diego oder einer anderen Republikaner-Hochburg treffen können, aber er wollte die erste große öffentliche Debatte mitten im demokratischen Stammland stattfinden lassen. Er entschied sich für den Grand Ballroom im Waldorf. So konnte er aus der Präsidentensuite direkt runter zur Debatte fahren. Scheiß doch auf die Meinungsumfragen. Er war der mächtigste Mann der Welt. Michael musste sich jedem seiner Wünsche fügen. Tim Seligman sagte kein Wort. Es würde nur eine Moderatorin geben bei der Debatte: Renata Jones, eine schwarze Journalistin vom *Kansas City Star*. Sie stellte sämtliche Fragen, stoppte bei beiden Gladiatoren die Zeit und unterbrach sie rigoros, wenn sie zu langatmig wurden. Es war ein großer Coup für den Prez. Eine schwarze Frau aus dem Mittleren Westen, deren Einstellung gegenüber J. Michael Storm durchaus nicht als feindselig eingestuft werden konnte. Calder würde seinen urbanen Kreuzzug deutlich herausstellen und Michael zerquetschen.

Er schlief im Weißen Haus, mit Margaret Tolstois Perücken und Pfennigabsätzen in seinem Schrank. Er war kein Fetischist. Aber er liebte den Geruch von Schuhleder, von Margarets Schuhleder. Er lud Reporter zum Frühstück ein. Er aß ein weichgekochtes Ei, während die Kameras auf seinem Gesicht klebten. Die Kameras folgten ihm auf den South Lawn, wo er und Pamela Box in den Marine One, den Hubschrauber des Präsidenten, stiegen und zur Andrews Air Force Base abflogen. Er plauderte mit dem Nationalen Sicherheitsberater und seinen Lieblingsgenerälen, die zu ihm und Pam mit an Bord von Air Force One stiegen und den Prez zum JFK begleiteten. Er ließ sich nicht abschirmen. Am Flughafen sprang er in einen normalen Bus, fuhr mit den Passagieren bis nach Manhattan und sang Lagerfeuerlieder, während der Secret Service geringfügig durchdrehte bei dem Versuch, den Personenschutz für Calder Cottonwood zu gewährleisten. Er küsste jeden im Bus, verteilte Kugelschreiber, traf gegen zwölf am Waldorf ein und aß im Bull & Bear zu Mittag. Er war in kämpferischer Laune. Er dachte nicht daran, ein Mittagsschläfchen zu halten. Er ging die Debatte mit seinen Beratern durch, ließ Pam die Rolle von Renata Jones spielen, und ein tougher junger Staatssekretär war Michael Storm. Die Generäle applaudierten, während Calder Fragen beantwortete. Bull Latham traf ein. Sie hockten bei einem Kaffee im Wohnzimmer zusammen. Der Prez duschte und zog sich um. Seine technische Crew erzählte Calder von den Mikrofonen im Grand Ballroom. Ein Team Visagistinnen bereitete ihn für die Kameras vor. Er kicherte, sang mit ihnen Lieder. Die Generäle waren verblüfft. So überschäumend hatten sie Calder seit seinen ersten Wochen im Weißen Haus nicht mehr gesehen.

»Ein großer Sieg«, raunten sie. »Er wird sich den ganzen gottverdammten Kuchen allein unter den Nagel reißen.«

Vizepräsident Teddy Neems traf ein, so was wie ein Handlungsreisender und Geldsammler der republikanischen Partei. Calder wollte ihn fallen lassen und stattdessen Bull Latham als Vize installieren, doch das hätte leicht so fehlinterpretiert werden können, als habe er Angst vor Sidel. Und außerdem war Bull im Bureau erheblich wertvoller für ihn. Bull war praktisch ein Schattenvizepräsident. Wie Sidel konnte Bull in der Öffentlichkeit eine Waffe tragen. Und er besaß die Aura der Dallas Cowboys.

Pamela coachte den Prez ein letztes Mal. »Mr. President, denk immer daran: Er ist ein mageres kleines Arschloch. Sieh J. Michael direkt in die Augen. Du wirst ihn vertrocknen lassen.«

Sie zupfte Fusseln vom Anzug des Präsidenten. Er knurrte sie an. »Hör endlich auf, an mir rumzufummeln.«

Einer seiner Staatssekretäre gab ein Zeichen mit dem Kopf. »Sir, die Taube ist gelandet. Michael ist im Hotel.«

»Lassen wir ihn warten.«

Calder rauchte eine Zigarette. Er träumte von Margaret Tolstoi. Sie hatte aufgehört, ihm Geschichten zu erzählen. Ohne Margaret konnte er anscheinend keine Erektion mehr bekommen. Der Chefurologe im Bethesda Naval Hospital hatte Wunder versprochen, eine schmerzlose Injektion, die ihm eine ganze Stunde lang den Riemen eines Pferdes bescheren sollte. Aber Margarets Geschichten waren ihm lieber. Nicht mal Bull konnte sie einfangen. Margaret trieb sich mit einer ihrer Perücken irgendwo zwischen Pennsylvania Avenue und Carl Schurz Park herum.

Pam bemerkte die Traurigkeit in seinen Augen. »Mr. President, bitte lass dich jetzt nicht gehen.«

»Halt die Klappe ... ich bin bereit für Michael Storm.«

Mit drei Fahrstuhlkabinen fuhren sie zum Grand Ballroom hinunter. Er hielt Teddy Neems im hinteren Bereich seines Gefolges. Mit großen Schritten betrat er den Ballsaal, zusammen mit seinen Generälen, Pam und Bull. Ein Sperrfeuer von Blitzlichtern explodierte vor seinen Augen. Er hob einen Arm, und die Lichter verschwanden. Er sah Sidel. Er konnte sich ein Lächeln leisten.

»Wie geht's, Soldat?«

»Calder«, sagte Isaac, »finden Sie nicht auch, dass Marilyn bei Joe DiMaggio hätte bleiben sollen? Joltin' Joe war die Liebe ihres Lebens.«

Der Prez ergriff Isaacs Ellbogen. »Soldat, da stimme ich voll zu.«

Dann stieg er auf das Podium an der Stirnseite des Ballsaals und richtete sich zu seiner vollen Größe auf. Ein Raunen erhob sich von den Balkonen. Das Publikum applaudierte.

»Ladies und Gentlemen«, sagte Pam, »der Präsident der Vereinigten Staaten.«

Er gab sich wieder wie Lincoln. Er stand hinter dem Rednerpult mit dem Siegel des Präsidenten, salutierte J. Michael und eilte zu Renata Jones hinüber, schüttelte ihr die Hand. Kameras klickten. Er kehrte an sein Pult zurück. J. Michael schwitzte bereits unter dem hellen Licht der Studioscheinwerfer. Er sah aus wie ein mickriger Zwerg. Michaels Wangen waren blass. Seine Krawatte saß schief. Er schien nicht zu wissen, wohin mit seinen Händen.

Calder war hocherfreut. Scheißkerl, brummte er vor sich hin.

Renata Jones stand auf der einen Seite, groß, elegant, die sorgfältig ausgewählte schwarze Schönheit des Präsidenten. Sie erläuterte die grundlegenden Regeln der Debatte, stellte Michael und den Prez vor. Der Zwerg wirkte verloren hinter seinem Pult.

Renata wandte sich Calder Cottonwood zu. »Mr. President, Sie haben zwei Minuten für Ihre einleitenden Bemerkungen.«

Er zwinkerte ihr zu. »Mrs. Jones, wenn ich zu lange quassele, kommen Sie einfach rüber und geben mir einen Klaps. Das Land wird mit Begeisterung zusehen, wie eine Journalistin dem Präsidenten der Vereinigten Staaten den Podex versohlt.«

Der ganze Ballsaal lachte. Er hatte diese schrecklich angespannte Atmosphäre zu Beginn jeder Debatte der Präsidentschaftskandidaten souverän geknackt. Das Publikum gehörte ihm. Michael zupfte nervös an seinem Kragen. Der arme Drecksack war ganz allein dort oben.

»Wunden«, sagte Calder, »wir müssen die Wunden heilen. Ich habe Fehler gemacht. Wir alle haben Fehler gemacht. Aber ich will Amerika wieder aufbauen, und damit fange ich genau hier an, im Ödland von Manhattan, das wieder sicherer zu machen die Polizei von Mayor Sidel mir tatkräftig geholfen hat.«

Er entdeckte Barton Grossvogel im Publikum, mit einem Verband unter den Augen. Er hatte es Bart ausreden müssen, sich seinem Gefolge anzuschließen. Er konnte nicht mit einem verstümmelten Mann herumlaufen. Aber er würde es Sidel heimzahlen. Eine Scheiß-Ratte hatte Bart die Nase abgebissen.

»Kandidat Storm«, sagte Renata, »Sie sind dran.«

Michael wischte sich über die Stirn. »Vielen Dank, Ma'am, aber ich verzichte auf eine Einleitung … vielleicht brauche ich diese zwei Minuten später noch.«

Verdammter Trottel, trällerte Calder vor sich hin.

»Dann fangen wir an«, sagte Renata. »Mr. Storm, es gab viele Spekulationen bezüglich Ihrer Vergangenheit. Ich werde die Frage nicht offen lassen. Als Student an der Columbia University waren Sie Vorsitzender einer radikalen Organisation, des Ho-Chi-Minh-Clubs. Sie haben das Büro des Universitätsrektors besetzt und ihn als Geisel festgehalten. Sie haben fremdes Eigentum beschädigt, eine Studentenrevolte angeführt. Würden Sie für uns die näheren Umstände klären? Ich verstehe ja, dass es eine stürmische Zeit war damals. Aber wie meine Kollegen beim *Star* muss ich mich schon fragen, ob ein ehemaliger Marxist wie Sie Präsident sein *sollte*.«

»Ma'am«, sagte Michael hinter seinem Rednerpult, »das frage ich mich auch. Ich habe wildes Zeug gemacht. Aber ich habe mich niemals respektlos gegenüber den Soldaten, den Männern von der Marine und der Luftwaffe der Vereinigten Staaten verhalten. Ich wollte sie nur nach Hause holen, Ma'am. Ich wollte nicht, dass sie in Vietnam starben. Ich habe in diesem Krieg einen Bruder verloren, zwei Cousins. Und ich habe gehört, wie Professoren nichtssagende, unmenschliche Bemerkungen fallen ließen. Ich habe gesehen, wie sie mit ihren dummen Ratschlägen zum Weißen Haus und zum Außenministerium rannten. Mehr Soldaten, eine härtere Gangart in der Diplomatie. Aber sie waren nicht bereit, ihr eigenes Leben einzusetzen. Ich schon. Ich wäre im Büro dieses Rektors geblieben, bis mein Schicksal mich ereilt hätte. War ich dumm? Ja. War es falsch von mir? Vielleicht. Aber ein Mann marschierte schnurstracks durch die Barrikaden, stellte sich dem Zorn und der Wut meiner radikalen Gesinnungsgenossen, setzte sein Leben ein, ließ seine Waffe bei einem anderen Bullen zurück. Und das ist mein Mann für das

Amt des Vizepräsidenten, Isaac Sidel, der kein Blutvergießen wollte, der Studenten nicht die Schädel einschlagen wollte.«

Der Prez sah Renata an. Verdammt, unterbrich den Kerl.

»Es war Isaac, der mich vor dem Gefängnis bewahrt hat, der das Gericht davon überzeugen konnte, dass ich aufgrund meiner Überzeugungen gehandelt habe, dass ich nicht versuchte, die Gesellschaft zu vernichten, sondern sie demokratischer machen wollte, zu einer Gesellschaft, die mehr an unseren Interessen ausgerichtet ist.«

Calder sah, wie die Fernsehkameras zu Isaac Sidel schwenkten, der mit der beschissenen kleinen First Lady in der ersten Reihe saß. Eine Glock lugte unter seinem Hosenbund hervor.

»War ich unreif?«, fragte Michael. »Dann hat Isaac mich reifen lassen. Ohne ihn stünde ich heute nicht hier auf diesem Podium.«

»Vielen Dank, Mr. Kandidat«, sagte Renata. »Ich denke...«

»Ma'am, ich nehme mir noch eine Minute, ich hole jetzt meine Einleitung nach. Der Präsident spricht vom Ödland, das er wieder aufbauen möchte. Dazu beglückwünsche ich ihn, und ich werde Isaac Sidel bitten, ihn bei seinem Vorhaben auf jede erdenkliche Art und Weise zu unterstützen. Aber ganz so einfach ist es nicht, Ma'am. Gute, anständige Menschen sind in diesem Ödland gestorben, unschuldige Menschen, um die zu trauern sich niemand die Mühe gemacht hat.«

Der Prez starrte Bull Latham an. Michael war zum Gegenangriff übergegangen und kapitulierte durchaus nicht, wie Bull es versprochen hatte. Dann blinzelte er in das grelle Licht, sah Captain Knight zwischen Tim Seligman und J. Michaels Nutte von Frau sitzen, und jeder Glanz und Glamour fiel vom Prez ab. Die Pisser hatten ihn geleimt. Er konnte nicht mal den Secret Service bitten, den Kerl zu schnappen, der versucht hatte, ihn umzubringen. Der Captain hatte ein Liedchen zu viel zu singen. Morde im Namen des Präsidenten. Gesetzwidriges Blutvergießen. Calders Körper begann sich zu neigen. Fast schon stand er gebeugt da. Das lincolnhafte Profil war verschwunden. Michael Storm hörte er schon lange nicht mehr zu.

21

Isaac war der Naivling, Sindbad, ein Leichtmatrose. Aber er war trotzdem stolz auf J. Der Junge war wie ein Trupp Abbrucharbeiter. Er hatte ein tolles Tänzchen um Renata Jones veranstaltet und Calder in eine Art entgeistertes Schweigen versetzt.

Der Prez ließ seine Jalousien herunter, verkroch sich ins Weiße Haus und ließ Teddy Neems allein im Regen stehen. Und Isaac musste nach Los Angeles fliegen, zu *seiner* Debatte im Beverly Wilshire. Tim hatte die gesamte Erste Klasse von Sindbads Flieger requiriert. Isaac wollte nicht neben ihm sitzen, doch Timmy folgte Sindbad von Platz zu Platz.

»Ich war Ihre Marionette.«

»Isaac, wir haben getan, was wir tun mussten.«

»Ich will, dass Barton Grossvogel aus der Elizabeth Street entfernt wird.«

»Wir sind keine Zauberer. Unsere Reichweite hat ihre Grenzen. Ihren Police Commissioner haben wir nicht in der Tasche … noch nicht.«

»Sweets können Sie nicht kaufen. Eher bricht er Ihnen sämtliche Knochen. Ich gehe selbst in die Elizabeth Street.«

»Das ist brillant. Grossvogel wird Sie bei lebendigem Leib verspeisen.«

»Was ist mit Bull Latham? Kann der nicht Bart fertigmachen?«

»Nicht, solange Calder im Weißen Haus sitzt.«

»Dann bin ich außer mir«, sagte Isaac. »Ich kann nicht schlafen … nicht bis wir Barts Revier zurückerobert haben.«

Sein Kopf sackte unvermittelt nach vorn. Er fing an zu schnarchen. Er war nicht mehr im Flugzeug, als er aufwachte. Er war in einer großen Limousine auf dem Sunset Boulevard. Er saß zusammen mit der kleinen First Lady und Tim, Joe Montaigne und Martin Boyle saßen auf den Notsitzen. Auf beiden Seiten des Boulevards standen Menschen, die Isaac und Marianna Storm zuwinkten.

»Sindbad«, riefen sie, »Sindbad der Seefahrer.«

Sie erreichten Westwood. »Haltet den Panzer an«, sagte Isaac und machte sich auf die Suche nach Marilyn Monroes Grab. Eine einfache Plakette war in die Friedhofsmauer eingelassen:

MARILYN MONROE
1926–1962

Isaac legte zwei Pennys auf den Boden neben Marilyns Grab. Ein alter Polizisten-Aberglaube: Pennys, um die Toten zu beschützen. Er kehrte zu der Limousine zurück und schnauzte Martin Boyle an: »Hol mir das Weiße Haus an die Strippe, ja?«

»Isaac«, sagte Tim, »machen Sie mir keinen Kummer. Calder hat sich noch nicht von der Debatte erholt. Er redet mit niemandem.«

»Mit mir wird er reden.«

Isaac ergriff den Hörer, flötete: »Sidel hier« und wartete, bis Calder Cottonwood an den Apparat kam.

»Mr. President, ich komme gerade von Marilyns Grab. Ich habe zwei Pennys vor die Mauer gelegt. Von uns beiden.«

»Das ist nett von Ihnen… Isaac, bitte seien Sie auch nett zu Teddy Neems. Er hat ein schwaches Herz. Ich bin nicht sicher, ob er die Aufregung einer Fernsehdebatte überleben kann.«

»Ich kann ihm schlecht das Händchen halten, Calder.«

»Schonen Sie ihn nur ein bisschen. Mehr verlange ich gar nicht. Wiedersehen.«

Schweigend fuhr Isaac zum Bev Wilshire, wo Steve McQueen die letzten Jahre seines Lebens wie ein Einzelgänger gelebt hatte. *Bullit* war Big Guys Lieblingsfilm. McQueen spielt darin einen Bullen, der kaum ein Wort spricht, genau wie Isaacs eigener verlorener Adjutant, Manfred Coen. Coen war im Verlauf eines der Polizeikriege gestorben, die Isaac selbst inszeniert hatte. Er trauerte noch immer um Coen.

Marianna zog ihren Badeanzug an und sauste mit Joe Montaigne zum Pool. Tim Seligman hatte zwei Suiten im Penthouse gebucht. Isaac hatte eine Marmorbadewanne mit Armaturen aus Silber und Gold. Er fühlte sich wie ein drittklassiger Nero mit Palmen unter dem Fenster. Es hätte Hurrikan-Wetter sein können. Die Bäume bogen sich im Wind. Aber über dem Wilshire Boulevard schien die Sonne. Der Hurrikan fand nur in Isaacs Kopf statt. Seine Unterhaltung mit Calder war nur ein Vorwand gewesen. Beide waren verzweifelt ohne Margaret Tolstoi.

Er ging runter zur Bar, um zumindest ein paar Augenblicke Martin Boyle und Tim Seligman aus dem Weg zu gehen. Er dachte an Margaret und die dunkle Schokolade, die sie so liebte. Onkel Ferdinand hatte sein Leben riskiert und die Gestapo bestohlen, um in Odessa schwarze Schokolade für seine kleine Braut zu finden, Schokoladenziegel, die weitaus wertvoller waren als menschliches Blut. »Mein Sohn«, erkundigte sich Isaac bei dem Barkeeper, der etwa sechzig Jahre alt war, »hast du schwarze Schokolade?«

Der Barkeeper blinzelte nicht einmal. »Ich kann Ihnen welche besorgen, Mr. Sidel. Schließlich sind wir hier im Bev.«

Der Barkeeper kehrte mit einem winzigen Riegel Schokolade auf einem Teller mit Goldrand zurück, dazu eine Serviette, ein Messer, eine Gabel und ein Glas fettarme Milch. Eine Frau trat zu Sindbad und setzte sich auf den Barhocker neben ihn. Isaac zitterte. Sie sah aus wie Margaret.

»Sidel«, sagte sie, »ich kann nur kurz bleiben.«

Es war Pamela Box, die eine von Margarets Perücken trug.

»Möchtest du was von meiner Schokolade abhaben?«

»Ich kann das Zeug nicht ausstehen. Ich kann es mir nicht leisten, dass Tim mich hier entdeckt. Er wird ein Mordstheater veranstalten.«

»Keine Angst. Ich habe schon mit dem Prez gesprochen. Ich werde Teddy Neems nichts antun.«

»Es ist nicht wegen Neems. Ich mache mir Sorgen um dich.«

»Ach, ich habe eine gute Fee geerbt.«

»Nicht ganz… bleib wachsam. Du hast Kamikazes an den Hacken. Deshalb ist Margaret verschwunden. Ich musste sie auf eine Mission schicken. Sie hat so viele Kamikazes umgebracht, wie sie nur konnte. Es sind nur noch ein paar übrig.«

»Wer hat diese Kamikazes angeheuert?«

»Genau das ist ja das Problem. Ich weiß es nicht genau. Der Prez war in einer Besprechung mit seinen Leuten. Bull

Latham war dabei. Und Bart Grossvogel. Calder hatte mal wieder einen seiner Tobsuchtsanfälle. Er hat davon geredet, Isaac Sidel *klarzumachen*. So einfach war das. Der Mechanismus hat sich in Bewegung gesetzt. Es gab da ein Spezialteam, das zu einer Behörde gehört, die nicht mal im Telefonbuch steht. Der springende Punkt ist, das Team kann nicht mehr zurückgerufen werden, wenn es erst einmal in Marsch gesetzt wurde. Nicht mal Bull kann das Chaos noch aufhalten, und er hat's weiß Gott versucht.«

»Ist Marianna in Gefahr? Denn wenn ja, dann werd ich …«

»Nein, nein«, sagte Pam. »Die Kamikazes nehmen es sehr genau. Immer nur eine Zielperson, und das heißt, exakt eine einzige.«

»Und Calder weiß davon?«

»Scheißdreck. Er hat dein Todesurteil völlig vergessen. Und wenn ich ihn daran erinnere, wird er ausflippen. Und dann haben wir einen Schizo im Weißen Haus.«

»Scheiße, ich muss mich also vor allem und jedem in Acht nehmen … kann nicht mal meine Schokolade essen. Könnte ja was drin sein.«

»Die Kamikazes töten mit den bloßen Händen. Das ist die einzige zuverlässige Info, die wir haben.«

Sie berührte Isaacs Haar. »Ich kann sehr gut verstehen, warum Margaret dich liebt.« Und dann war sie fort, wie der Wind in einer Palme. Isaac wollte hinaus zum Pool, Marianna beim Schwimmen zusehen, aber dank der Kamikazes war er jetzt wie ein vergifteter Gegenstand, der allen in seiner Umgebung den Tod bringen könnte.

Er kehrte in seine Suite zurück. Leute umschwirrten ihn. Jeder von ihnen sah so aus, als ob er Isaac erwürgen wollte. Aber wie sollte Isaac die Hände eines Kamikaze erkennen?

»Scheiß drauf«, sagte er. Er zog einen Seidenanzug an. Er überließ sich der Maskenbildnerin. Er brauchte keine Ratgeber. Er konnte Teddy im Schlaf vernichten. Marianna begleitete ihn in den Ballsaal des Bev. Sie trug ein Diadem und ein weißes Kleid.

»Liebling, das hier ist meine letzte Verpflichtung. Bring mir Aljoscha, sonst musst du dir ein anderes Mädchen suchen.«

Isaac war nicht ganz klar im Kopf. Er legte einen Arm um Marianna, beschützte sie vor Kamikazes, die sich möglicherweise in der Nähe aufhielten. Es war keine besonders aufregende Debatte. Die Kameras blieben die ganze Zeit auf Isaac gerichtet. Er musste Teddy Neems umarmen, sonst wäre der Vizepräsident womöglich in seinem ganz privaten Hurrikan verschwunden.

»Ich bin ein Cop«, sagte Isaac. »Ich weiß, wie man kämpft. Manchmal wird es schmutzig. Ich wünschte, ich wüsste eine andere Möglichkeit...«

Es gab eine Party am Pool. Isaac starrte die Frau an, die ihn mit Horsd'œuvres fütterte. Sie hatte ein braunes und ein blaues Auge. Er bemerkte die hufeisenförmigen Trizeps unter ihrer Uniform. »Wie heißt du?«, fragte er.

»Kate.«

Sie war der Kamikaze. Isaac war beinahe heiter, als er sich den bevorstehenden Kampf vorstellte. Er freute sich direkt darauf. Er gab Marianna einen Gutenachtkuss, pfiff vergnügt im Fahrstuhl nach oben ins Penthouse. Er nahm seine Kanone mit ins Bett. Es klopfte an die Tür.

Er machte auf, stand da in seinem Schlafanzug, starrte in ein braunes Auge. »Komm rein, Kate.«

Er wunderte sich nicht einmal, als er ihre weißen Handschuhe sah. Aber er erwartete zumindest ein winzig kleines

Vorspiel, und er bekam keines. Sie stieß Isaac vor die Brust, und die Glock fiel aus seinem Hosenbund. Sie trat ihm zwischen die Beine und warf einen Draht um seinen Hals. Doch Isaac schaffte es, zwei Finger unter den Draht zu bekommen, sonst hätte sie ihm den Kopf vom Hals getrennt. Er tanzte durch den Raum, bemerkte den Krokodilledergürtel der Mikrobe über der Rückenlehne eines Louis-Quatorze-Stuhls. Er packte den Gürtel mit der Linken, schwang ihn wie eine Schlachtkette und erwischte Kate mit der Schnalle an ihrem blauen Auge.

Isaac musste vergessen, dass sie eine Frau war. Er verpasste ihr noch eine. Das blaue Auge schloss sich. Er wickelte den Gürtel um ihren Hals, zog mit aller Kraft an beiden Enden und erwürgte die Würgerin.

Er versteckte sie im Kleiderschrank, rief Martin Boyle und Joe Montaigne, zeigte ihnen die Leiche. »Jungs, die müsst ihr beseitigen.«

»Kein Problem«, sagte Joe Montaigne. »Sir, ist sie eine Kamikaze? Es gab da Gerüchte. Wir wussten nicht, was wir glauben sollten.«

»Super«, sagte Isaac. »Ich habe zwei Leibwächter, die mich freiberuflich für meine eigene Sicherheit aufkommen lassen.«

In einem Wäschewagen rollten sie Kate zur Tür hinaus.

Isaac hatte eine schlimme Schnittwunde am Hals. Der Nachtportier kam mit Wattebällchen und einer Flasche Wasserstoffperoxid. Isaac war vorsichtig. Er konnte jetzt nicht noch einen Kamikaze gebrauchen.

Um zwei Uhr morgens klingelte das Telefon. Wahrscheinlich hatte Tim Seligman von dem kleinen *Zwischenfall* in Isaacs Suite gehört. Aber es war nicht Timmy. Marianna rief an.

»Liebling«, sagte sie. »Ich muss ununterbrochen an Aljoscha denken.«

22

Selbstmordmädels. Sidel war es egal, wie viele Kamikazes er traf. Er würde sie von den Straßen von Beverly Hills holen, mit ihnen auf dem Rodeo Drive tanzen. Big Guy machte sich Sorgen um Margaret Tolstoi. Er war keine Kassandra. Er hörte auf, von Ratten und roten Harpunen zu träumen. Aber er war schon immer süchtig nach Baseball gewesen. Isaac kannte sämtliche Statistiken. Nicht mal ein Halbgott wie DiMaggio konnte immer und ewig Home Runs schlagen. Auch die Unsterblichen mussten einmal danebenhauen.

Er zitterte, als Martin Boyle an seiner Tür im Bev anklopfte. Isaac badete gerade. Er stieg aus der Wanne, entriegelte die Tür und konnte die Anzeichen von Angst in Boyles Gesicht nicht übersehen.

»Margaret wurde verwundet, Boyle, stimmt's?«

»Man hat sie ins Bellevue gebracht, Mr. President.«

»Lebt sie noch?«

Der Secret-Service-Mann zuckte mit den Achseln.

Isaac musste seine Frage wiederholen. »Lebt sie noch?«

»Gerade noch, Sir. Sie liegt im Koma. Sie hat einen fürchterlichen Schlag auf den Kopf bekommen.«

»Ich dachte, die Kamikazes würden ihre Opfer ausschließlich erdrosseln.«

»Korrekt. Sie erdrosseln ihre Opfer, nicht jedoch ihre Verfolger.«

Isaac sollte eigentlich als Ehrengast beim Eröffnungsball im Dodgers-Stadion sein, aber er saß mit Marianna und ihren beiden Babysittern in der ersten Maschine aus L. A., während Tim noch selig im Bev schnarchte. Isaac wollte während des Fluges nichts essen, wollte nicht einmal einem kleinen Mädchen ein Autogramm geben. Keine sechs Stunden später war er auf der Intensivstation des Bellevue Hospital. Margaret trug einen riesigen Verband um den Kopf und sah damit aus wie eine wunderschöne Mumie. Etwas Blut sickerte durch den Verband. Sie war an verschiedene Maschinen angeschlossen. Ihre mandelförmigen Augen registrierten nichts. Isaac war nur eine Person mehr im Zimmer.

Bull Latham saß an ihrem Bett.

»Was ist passiert?«, knurrte Isaac.

»Wir wissen es nicht. Wir haben sie im Ödland gefunden, auf der Sheriff Street, sie hat irgendwas gemurmelt.«

»Auf der Sheriff Street. Gemurmelt. In der Nähe von Barton Grossvogels Stall.«

»Isaac, es war nicht Bart. Seine eigenen Männer haben den Überfall gemeldet.«

»Nachdem sie Margaret mit ihren Pistolen den Schädel eingeschlagen haben.«

»Und sie hätten sie komplett erledigen können, was sie aber nicht getan haben. Ihre Logik ist zum Kotzen. Barts Männer haben ihr das Leben gerettet … ich musste es dem Prez berichten. Er hat geheult, als er die Nachricht erhielt.«

»Wunderbar. Er hat den Befehl gegeben, mich aus dem Weg zu räumen. Und Sie haben das gehört, Bull. Sie haben die Kamikazes losgeschickt.«

»Kamikazes. Das ist doch nur ein Mythos.«

»Dann hat mich also ein Mythos im Bev Wilshire zu erdrosseln versucht? Margaret hat sie ausgeschaltet, einen nach dem anderen. Wer ist ihr Anführer, wer bildet sie aus?«

»Es gibt keine Kamikazes. Und wenn es welche gäbe, dann wäre das streng geheim.«

Isaac ging auf Bull los, und drei Krankenschwestern mussten ihn festhalten.

»Sie müssen jetzt gehen, Mr. Mayor. Wir können uns nicht angemessen um Mrs. Tolstoi kümmern, solange Sie hier sind.«

Isaac verließ das Krankenhaus. Er wusste nicht, wohin. Er ging zur Elizabeth Street. Der diensthabende Sergeant lächelte, als er Isaac sah, forderte ihn nicht mal auf, die Glock abzulegen.

»Sie können direkt rauf, Mr. Sidel. Der Captain erwartet Sie.«

Detectives salutierten, machten ihm den Weg frei. Ihre plötzliche Freundlichkeit verwirrte Isaac. Es fühlte sich an wie die Ouvertüre zu einem Mord. Er ging hoch zu Bartons Büro. Die Verbände des Captains bewegten sich auf seinem Gesicht wie ein kleiner weißer Walfisch. »Freut mich, dass Sie es einrichten konnten.«

»Ich wollte schon lange mal vorbeischauen«, sagte Isaac. »Viele Grüße von Raskolnikow.«

»Sie haben vielleicht Nerven, diese Ratte zu erwähnen.«

Durch eine andere Tür kamen mehrere Cops herein. Sie belästigten Isaac nicht, bauten sich einfach nur um ihn herum auf. Aber ihm war immer noch leicht schwindlig.

»Du schickst die Kamikazes aus diesem Polizeirevier in die Welt hinaus«, sagte Isaac. »Hier kommt der Nachschub her.«

»Ah ja, Mr. Mayor? Wenn ich so wichtig bin, wieso zum Teufel leben Sie dann noch? Wegen Ihnen habe ich meine halbe Nase verloren. Die Narben nehme ich mit ins Grab.«

»Cap«, sagte einer von Bartons Soldaten, »dürfen wir den kleinen Politiker nicht allemachen?«

»Nicht heute.«

Das kam nicht von Bart. Es war eine Stimme, die sich wie ein Schuss in Isaacs Rücken bohrte. Isaac konnte sich nicht richtig bewegen zwischen all diesen Cops, aber die Stimme von Bernardo Dublin erkannte er. Bernardo bahnte sich mit den Ellbogen einen Weg zu Isaac.

»Ah«, sagte Bart, »Ihr Retter ist gekommen. Aus dem Lager der Demokraten…wie geht's Clarice?«

»Fick dich, Bart«, sagte Bernardo und brachte Isaac aus der Elizabeth Street.

»Margaret liegt im Koma«, sagte Isaac. »Die Bastarde haben sie beinahe totgeschlagen.«

»Und Sie wollen gegen ein ganzes Polizeirevier kämpfen?«

»Würdest du das nicht auch tun?«

Bernardo lachte. »Ja. Weil ich meine Ausbildung von einem Superidealisten erhalten habe, von Isaac Sidel.«

»Ich brauche Wachtposten an Margarets Bett. Tag und Nacht.«

»Chef, darum hat Sweets sich schon gekümmert. Niemand kommt an sie ran.«

»Und warum war dann Bull Latham bei ihr im Zimmer?«

»Chef, er ist das FBI.«

»Aber er hat vielleicht den Typen ausgebildet, der Margaret das angetan hat.«

»Kann sein«, sagte Bernardo. »Aber er ist nicht dumm. Er muss sich zurückhalten.«

»Bernardo, ich will, dass du diesen Fall übernimmst und niemand anders. Wer immer Margaret da im Ödland den Schädel eingeschlagen hat, war kein normaler Kerl. Ein normaler Kerl wäre niemals so nahe an Margaret herangekommen, ein normaler Kerl hätte ihr niemals auf den Kopf schlagen können. Diese beschissen kurze Begegnung muss mit jemandem stattgefunden haben, den sie kannte.«

»Ich werd mich drum kümmern, Chef. Ich werde mich umhören. Aber ich komme nicht an Clarice vorbei. Sie piept mich alle halbe Stunde an.«

Wem, wenn nicht einem Killer-Cop wie Bernardo Dublin hätte Isaac vertrauen können? Er konnte sich nur mit knallharten Typen umgeben. »Bernardo«, sagte er, »tu einfach, was du tun kannst, okay?«

Isaac umarmte Bernardo und kehrte ins Bellevue zurück, wo er zum Chefpathologen ging. Er wollte sich die Röntgenaufnahmen von Margarets Schädel ansehen. Der Pathologe brüllte seine Assistenten an, die herumhuschten und ihm dann etwas ins Ohr flüsterten.

Der Pathologe warf einen Blick zur Wand. »Isaac, die Röntgenaufnahmen sind verschwunden.«

»Sie meinen, gestohlen. Sie sind aus dem Bellevue geklaut worden.«

»Nein, nichts dergleichen. Reine Schlampigkeit. Die werden schon wieder auftauchen. Sie sind nur verlegt worden.«

Isaac griff sich den Hals des Pathologen. »Eine Frau liegt im Koma, und du kannst nicht mal ihre Röntgenaufnahmen herschaffen. Bring mich zu dem Arzt, der Margaret aufgenommen hat.«

»Isaac, was soll er Ihnen sagen? Er ist ein Niemand, ein grüner Junge.«

»Bring mich zu ihm, und dann gehst du mir verdammt noch mal aus den Augen.«

Isaac saß in einem winzigen Raum mit einem jungen schwarzen Assistenzarzt, Rufus Rowe, der eine Nickelbrille trug und zierliche Hände hatte.

»Wurde sie mit einem stumpfen Gegenstand geschlagen, Doc, einem Hammer zum Beispiel?«

»Nein. Die Verletzungen deuteten nicht darauf hin. Es war ein anderes Muster. Ich bin kein Pathologe, aber ich würde sagen, sie hat einen Schlag hinter das Ohr bekommen und wurde anschließend getreten.«

»Mit dem Fuß«, sagte Isaac. »Jemand ist auf ihr herumgetrampelt.«

»Ja, brutal getreten, nicht ein- oder zweimal, sondern viele, viele Male.«

Isaacs Schwindel war wieder da. Er bedankte sich bei dem Assistenzarzt, doch Big Guy konnte sich kaum auf den Beinen halten. Es war ihm schon öfter passiert, dass er sich seinen Todesengel selbst geschaffen hatte.

»Ach«, sagte er, »mein geliebter Bernardo.«

Es war das Markenzeichen der Bronx-Brigade. Genau so hatte Bernardo Dublin die Hälfte seiner eigenen Gang beseitigt. Er hatte sie zu Tode getrampelt. Und anschließend hatte Aljoscha ihre Bilder auf eine Mauer gemalt.

Wie war Bernardo so schnell zur Elizabeth Street gekommen, um ihn von Bart wegzuholen? Es war alles geplant. Bernardo besaß einen weitaus raffinierteren Rabbi als Isaac Sidel. Er gehörte zu Bull Latham.

Isaac rannte nach oben zu Margaret, hielt ihre Hand. Und Sindbad der Seefahrer begann zu weinen.

Er war wieder in der Schule mit Margaret Tolstoi, die sich selbst Anastasia nannte und die ganze Klasse verzauberte. Was bedeuteten ihm Villen, das ganze Getue um irdische Macht, gegen Anastasias Lächeln? Sie war eines Tages aus heiterem Himmel aufgetaucht, mit Löchern in den Socken und der Haltung einer Prinzessin. Sie hatte Ballett gelernt. Sie hatte in Paris gelebt, in Odessa gehungert, da hatte Isaac noch nicht mal die Williamsburg Bridge überquert.

Als sie ohne ein Wort verschwand, war er in einen Schockzustand gefallen. Isaac konnte sich nicht erholen, egal, wie viele Fälle er löste, wie viele Leute er umlegte ... bis Anastasia wieder auftauchte, wie ein göttlicher Zufall, der höchstwahrscheinlich vom FBI inszeniert worden war.

Sie schlug ihre Mandelaugen auf. Er umklammerte immer noch ihre Hand. Er war zwei Tage bei ihr gewesen, hatte sich kaum gewaschen, hatte sich Sandwiches von einer Krankenschwester bringen lassen. Ihre Hand bewegte sich in Isaacs. Sie versuchte zu sprechen.

»Psst«, machte er. »Alles in Ordnung. Ich weiß, dass es Bernardo Dublin war.«

Da war fast ein Lächeln unter ihrer Mumienmaske. Sie flüsterte ein paar Worte. Isaac konnte nicht von ihren Lippen lesen. Sie packte seine Hand ein bisschen fester.

»Liebling«, sagte sie. »Gefahr.«

Und sie dämmerte wieder ein. Ihre Mandelaugen mussten wohl nach Odessa zurückgekehrt sein, wo dieser beschissene Bürokrat Antonescu eine Ballettschule in einer Welt ohne Karotten oder Kartoffeln oder Borschtsch hatte bauen lassen. Anastasia tanzte in einer Wüste ...

Isaac saß im Dunkeln und wartete. Ah, er hörte ein Geräusch. Es musste Bernardo sein, der zurückgeschlichen kam, um die

Sache zu Ende zu bringen, bevor Margaret die Chance hatte, aus ihrem Koma zu erwachen. Bernardo konnte mühelos an dem Polizeiposten vor Margarets Tür vorbeikommen. Er musste lediglich seine Dienstmarke zeigen.

Aber es war nicht Bernardo. Ein anderer Dreckskerl schlenderte durch die Tür.

»Wie geht's dir, Homey?«, fragte Isaac von seinem Platz im Dunkeln aus.

»Onkel Isaac«, sagte Aljoscha. Er wirkte nicht erschrocken.

»Wer hat dich aus Peekskill Manor gelassen?«

»Ich bin abgehauen.«

»Homey, du solltest nicht lügen… du bist Bernardos kleiner Mann, stimmt's? Es war Bernardo, der dich aus der Besserungsanstalt geholt hat. Und mit einer goldenen Dienstmarke des NYPD wäre ihm das nicht gelungen. Die mögen keine New Yorker Bullen oben in Peekskill. Er hatte noch einen anderen Scheiß-Ausweis.«

»Ich denke, ja«, sagte Aljoscha. »Ein Stück Plastik.«

»Mit Brief und Siegel des FBI.«

»Onkel«, sagte Aljoscha, »jeder hat Angst vor dem FBI.«

»Und was war dein Auftrag, Homey?«

»Nachschauen, ob die glatzköpfige Lady noch lebt.«

»Sie ist nicht glatzköpfig«, sagte Isaac. »Sie muss ihr Haar kurz schneiden… aber wie bist du draußen an den Cops vorbeigekommen?«

»Die kennen mich, Onkel. Sie haben mich mit dir gesehen.«

»Und darauf hat Bernardo sich verlassen, stimmt's? Dass die Cops dich für meinen kleinen Mann halten. Was zahlt er dir?«

»Red nicht über Geld, Onkel. Bernardo hat mich aus dem Kinderknast in der Bronx gerettet.«

»Und die Gang deines Bruders zerschlagen.«

»Kann man nichts gegen machen. Im Krieg gibt's immer Verluste.«

»Homey, ich habe dich bei den Merliners aufgenommen, ich habe dich in meiner Villa wohnen lassen.«

»Ich weiß«, sagte Aljoscha. »Aber ich hab ihn kennengelernt, bevor ich dir begegnet bin... in der Bronx.«

»Und ein Kavalier aus der Bronx hat doch sicher mitgekriegt, was Bernardo tun wird, falls die Lady die Augen öffnet.«

»Ja, ich hab's mitgekriegt.«

»Und es ist egal, wie sehr diese Art Scheiße mich verletzen wird.«

»Es ist nicht egal«, sagte Aljoscha. »Ich wollte Bernardo nicht viel sagen. Aber ich musste herkommen. Er hätte mir sonst das Genick gebrochen.«

»Wo ist er jetzt? Wo ist der Prinz?«

»Am Sutton Place. Bei Clarice.«

»Und du wolltest ihn anrufen und ihm Bericht erstatten, ja? Bernardos kleiner Laufbursche... du hast mich enttäuscht, Homey.«

Isaac übergab Aljoscha einem der Wachtposten draußen vor der Tür. »Kette ihn an deinen Stuhl. Ich bin sofort wieder da.«

Isaac wählte die Nummer seines Chauffeurs. »Mullins, setz deinen Arsch in Bewegung und komm ins Bellevue. Du wirst Angel Carpenteros zurück nach Peekskill Manor fahren. Und ich will nicht, dass du das allein machst. Bring zwei oder drei Cops aus der Mansion mit.«

»Chef, ist der Junge jetzt Staatsfeind Nummer eins?«

»Exakt das wirst du den Leuten in Peekskill erzählen. Er bekommt keinerlei Vergünstigungen. Er bleibt in seinem

Zimmer. Und falls jemand mit einer Plastikmarke des FBI aufkreuzt, will ich darüber informiert werden.«

Isaac kehrte zu Margaret Tolstoi zurück, küsste ihre Augen und rannte aus dem Bellevue.

Clarice machte ihm keine großen Probleme. Sie hatte den ganzen Nachmittag über eine Affäre mit dem Wodka in ihrem Kühlschrank gehabt. Er presste ein paar Limonen für sie aus, und als sie anfing zu schwanken, trug er sie zur Couch. »Wo ist Bernardo?«, fragte sie. »Wo ist mein Sexsklave?«

»Ich werd ihn finden.«

»Du musst mir salutieren, du Mistkerl. Ich mach dir das Leben zur Hölle, sobald ich First Lady bin. Du wirst in einem Zelt schlafen.«

»Ich bin wie ein Beduine. Ich liebe Zelte über alles.«

Isaac musste nicht durch die Wohnung streifen. Bernardo entdeckte ihn zuerst.

»Ich hatte ein kleines Schwätzchen mit deinem Homey«, sagte Isaac.

Da war nicht mal das kleinste Zittern in Bernardos rotem Schnurrbart. Wegen all der Wanzen in Clarices Wänden führte er Isaac hinaus auf die Terrasse.

»Wie geht's meinen verdammten Lieblings-Kamikaze?«

»Ich bin kein Würger, Chef.«

»Wie ist Bull an dich rangekommen, wie hat er dich umgedreht?«

»Ganz einfach. Er hat mich beim Dealen erwischt.«

»War das, nachdem Michael dich engagiert hat, um Clarice umzubringen?

»Vorher«, sagte Bernardo, »lange vorher.«

»Mein Gott. Dann hast du also für Bull Latham deine alte Gang vernichtet.«

»Klar«, sagte Bernardo. »Das war Bestandteil des Plans vom Präsidenten.«

»Bull stand hinter der Bronx Brigade?«

»Chef, ich habe keine Ahnung, wie viele Feds darin verwickelt waren. Haben Sie kein schlechtes Gewissen. Die legen jeden aufs Kreuz.«

»Bull hat deine Abenteuer mit Clarice überwacht. Er war im innersten Zentrum der Demokraten. Warum zum Teufel gewinnen wir dann trotzdem?«

»Calder ist labil. Er hat ein paar Großmüttern seinen Schwanz gezeigt. Er ist splitternackt in eine Führung durchs Weiße Haus geplatzt. Der Secret Service musste ihn auf einer Toilette verstecken. Bull hat beschlossen, einen Deal mit den Dems zu machen.«

»Und sich Isaac Sidel vom Hals zu schaffen.«

»Es ist kompliziert, Chef. Der Prez hat ihn gepiesackt. Hat Bull ein Weichei genannt. Hat ihm vorgeworfen, dass er nicht mal mit Ihnen fertig wird. Bull macht einen Anruf, und schon tauchen die Kamikazes aus der Versenkung auf.«

»Wer zum Teufel sind die?«

»Ehemalige Marines. Eine Ringerin. Äußerst unangenehme und böse Typen, die von einer Behörde zur nächsten ziehen…«

»Und du hast sie kontrolliert. Du bist ihr Scheiß-Verbindungsmann zum Bureau. Wahrscheinlich hast du sogar einen Codenamen.«

»Santa Claus.«

»Super«, sagte Isaac. »Hast du mit ihnen trainiert?«

»Ein oder zwei Mal.«

»Hör doch auf«, sagte Isaac. »Du bist ihr Zahlmeister. Bull lässt sie von der Leine, um den Prez zu beruhigen.«

»So ungefähr.«

»Dann bring den Job zu Ende«, sagte Isaac mit dem Rücken zur Wand der Terrasse. »Bring mich um.«

»Das kann ich nicht«, sagte Bernardo. »Ich wüsste nicht, wie.«

»Du hast doch auch gewusst, wie man auf Margaret herumtrampelt. Warum ist sie nicht tot?«

»Es war mir nicht so wichtig.«

»Aber Aljoscha hast du wieder aus Peekskill geholt und losgeschickt, damit er nach Margaret schaut.«

»Chef, falls sie aufwacht, erinnert sie sich vielleicht an mich, und dann hätte ich einige Probleme.«

»Sie ist schon aufgewacht. Und sie musste sich gar nicht erinnern. Ich hab dein widerliches Markenzeichen erkannt. Bernardo Dublin, der Mann, der Leute mit Füßen tritt...«

Isaac hätte ihm am liebsten die Ohren abgerissen, Bernardo über den Rand des Balkons geworfen, ihn in ein anderes Königreich geschickt, aber er konnte nicht. Bernardo gehörte zu ihm, ein gemeingefährliches Kind. Und Isaac war jetzt Politiker. Ohne Bernardo würde Clarice durchdrehen. Und dann hatte Amerika eine verrückte First Lady.

»Chef, sie ist den Kamikazes zu nahe gekommen. Sie hätte die Verbindung zwischen mir und denen erkannt, mich für einen Kamikaze gehalten, der unerkannt in Bulls Schrank lebt.«

Big Guy umklammerte eines von Bernardos Ohren. »Wer bin ich, Homey?«

»Sindbad.«

»Und was kann Sindbad von seinem kleinen Seemann erwarten?«

»Jedes beschissene Wort, das Bull mir ins Ohr flüstert.«

Isaac ließ ihn auf dem Balkon bei Clarices Dschungelpflanzen und entfernte sich so weit es ging vom Sutton Place South.

23

Er hatte ein Zimmer ganz für sich allein im Country Club für böse Jungs, in Peekskill Manor. Big Guy ließ nicht zu, dass die Gerichte ihn in diese Anstalt in der Bronx zurückschickten, wo er für die Wachtposten Lippenstift hatte tragen müssen. Niemand rührte Aljoscha an. Er konnte sich Milkshakes bestellen, schüsselweise Eiscreme vertilgen, nur sein Zimmer verlassen, das durfte er nicht. Die meisten anderen bösen Jungs waren reich, kamen aus Familien, die in Limousinen mit eigenem Fahrer zu Besuch kamen. Von der Bronx hatten sie noch nie etwas gehört, sie wussten nicht mal, was ein Barrio war, und Aljoscha musste in Gesellschaft von Fremden leben, die seine Mauerkunst nie gesehen hatten, seine Denkmäler für tote Latin Jokers, an deren Tod er beteiligt gewesen war.

Marianna würde in einigen Monaten ins Weiße Haus einziehen, und Aljoscha war ein Junge ohne Heimat. Big Guy hasste ihn, weil er Bernardos Ratte geworden war. Er würde Marianna nie wieder zu ihm bringen. Aljoscha würde sterben ohne seine Buntstifte und Malkreiden. Er wollte Wände bemalen wie Michelangelo. Aber er hatte keine Leiter in Peekskill, auch keine Kirche, an der er sich austoben konnte. Er hatte nichts als sein Zimmer im Hotel für böse Jungs.

Er war viel zu traurig, um seine verlorene Heimat, die Bronx, zu malen, und so ließ er auf den ihn umgebenden Wänden das Ödland auferstehen, in dem dieser Heiland in der orangefarbenen Hose umgebracht worden war. Er malte die Steine, die toten Straßen, die Sozialbauten wie dicke, schwere Nadeln, die am Himmel schrammten. Er malte das Polizeirevier, das am Rande des Ödlands stand wie ein mörderischer Leuchtturm. Er schob die Brooklyn Bridge und die Schluchten der Wall Street in den Hintergrund. Aber er malte keine Menschen, nicht die jungen Pyromanen, die jeden noch so abgeschiedenen Garten abfackelten, nicht die Drogensüchtigen, nicht die verrückten, schreienden alten Frauen und Männer, nicht die Cops, nicht Benya Krik. Es war nur Aljoscha selbst, der die gartenlosen Gärten auf seinen Wänden bewohnte wie ein Aufseher der Unterwelt. Es konnte ihn nicht glücklich machen, aber seine wütende Malerei hielt ihn davon ab, an Marianna zu denken.

Und als er die letzten noch freien Stellen kolorierte, hörte er eine Stimme.

»Die Maldavanka. Ich fass es nicht.«

Es war Big Guy, er stöhnte wie üblich. Marianna war bei ihm, und Aljoscha hatte es nicht mal bemerkt, so blind konnte seine Kunst ihn machen.

»Krieg ich keinen Kuss?«

Die Malkreide zerbrach in seiner Hand. Er wollte weinen. Er umarmte Marianna, wirbelte mit ihr durch seine schicke Zelle.

»Liebling«, sagte sie, als sie noch in Aljoschas Armen war, »kannst du nicht verschwinden? Ich hab was mit meinem Verlobten zu besprechen.«

»Marianna, du kennst die Regeln. Wenn ich gehe, musst du mit mir gehen.«

»Dann mach die Augen zu oder kriech unters Bett.«

Aljoscha lächelte. Isaac war fast so menschlich wie Raskolnikow, die Ratte, die in einem Schuhkarton lebte. »Marianna, sei nicht zu streng mit Big Guy. Er hat sein Leben praktisch den Vereinigten Staaten geopfert.«

»Und was ist mit mir? Ich muss mit ihm gehen, Hand in Hand. Mir tun die Füße weh, und ich bekomme dich nie zu sehen… Onkel Isaac, kannst du ihn nicht aus diesem grässlichen Loch holen?«

»Kein Gericht wird ihn mir überlassen. Und wenn wir Aljoscha stehlen, verlieren wir jede Kontrolle, und er wird in einer Einrichtung mit Stacheldraht landen. Peekskill Manor ist gar kein so grässliches Loch.«

»Für mich schon«, sagte Marianna.

Er konnte Aljoscha nicht einfach mitnehmen, und er wollte es auch nicht. Der Kavalier aus der Bronx war Bernardo immer noch treu ergeben, aber Marianna war in ihn verliebt. Und Isaac konnte nicht einmal die Augen schließen. Ein Kamikaze könnte in den Raum kommen. Er musste umherschlendern wie ein Sheriff, den Finger stets in der Nähe des Abzugs. Margaret konnte keine Kamikazes umbringen, solange sie im Koma lag, und sie konnte auch nicht in Isaacs Bett zurückkehren. Er würde sie demnächst aus dem Krankenhaus entführen müssen, sie bitten, seine persönliche Jägerin zu werden. Sie würden in der Maldavanka jagen, auf den gefrorenen Feldern. Zur Hölle mit dem Weißen Haus. Isaac und seine Lady würden nach Liebe jagen. Ach, was soll's? Die Scheiß-Demokraten würden sie ja doch finden…

Aljoscha starrte Isaac an. »Onkel, sei nicht traurig. Der ganze Scheiß-Planet ist eine einzige Gefängniszelle.«

Die Blätter hatten zu fallen begonnen. Isaac spürte bereits den Winter in seinen Knochen. Bis zur Wahl waren es noch zwei Wochen. Immer wieder umklammerten Menschen seine Hand. Er war wieder im Kreis der Demokraten gefangen. Michael rief ihn jeden Nachmittag an. »Junge, es ist die Rede von einem Erdrutsch. Calder wird nicht mal mehr Texas bekommen … vielleicht nicht mal seinen Heimatstaat.«

»Michael, keine Schadenfreude. Vielleicht hat Calder noch eine Überraschung für uns.«

»Er ist so gut wie tot.«

Und Isaac begann, an J. zu glauben. Barton Grossvogel verlor seine Basis in der Elizabeth Street. Er wurde aus dem Revier gedrängt, man bot ihm irgendwo in der Bronx den Posten eines Captains an. Er schnappte sich seine Pension und ging in den Ruhestand. Bull hatte Calder verlassen und signalisierte dem NYPD, dass er Bart aus dem Weg haben wollte. Isaac tanzte in seinem eigenen Schlafzimmer … bis er den Namen des neuen Captains erfuhr. Douglas Knight war aus dem Ruhestand zurückgekehrt, um die Elizabeth Street zu leiten. Und Isaac fühlte sich verraten.

Die Dems hatten hinter seinem Rücken Deals geschlossen. Er fuhr nicht mal runter, um Captain Knight zu gratulieren. Er mied die Elizabeth Street. Bartons Gang war immer noch dort. Sweets hätte das ganze Revier fallen lassen sollen, aber er konnte sich nicht an Calder Cottonwoods Lieblingsspielzeug zu schaffen machen.

Isaac hielt sich nicht mehr an seinen Terminplan. Er flog nicht mit der kleinen First Lady nach Albuquerque, um vor einem Haufen Umweltschützer zu sprechen. Er ging stattdessen in die Maldavanka. Nur im Ödland konnte er frei durchatmen. Er fand nicht ein einziges gefallenes Blatt. Er hatte die Erinnerung an Aljoschas Wandbild im Kopf. Aljoscha hatte einen schwarzen Mond über der Maldavanka gemalt. Isaac fühlte sich wie ein Bürger dieses Mondes… mit einer Ratte, die er in einem Schuhkarton unter dem Arm trug. Schon sehr bald hatte er seinen eigenen Mitarbeiterstab im Weißen Haus, seine eigene Suite, der Martin Boyle bereits den Spitznamen *Der Kreml* gegeben hatte.

»Sir«, hatte Boyle gesagt, »Michael wird nicht an Ihnen vorbeikommen.«

»Er wird mich beerdigen, Boyle.«

»Nein, nicht Sindbad den Seefahrer. Nicht Sidel.«

Isaac ging weiter unter Aljoschas schwarzem Mond. Ein Streifenwagen holperte hinter ihm. Captain Knight stieg aus dem Wagen, trug Auszeichnungen an der Brust, die vielleicht Bart Grossvogel getragen hatte.

»Cap, halt dich von mir fern.«

»Sie sind nicht mal zu meiner Einweihungsparty gekommen. Sweets war da.«

»Was ist mit Tim Seligman? Er ist dein Pate. Tim hat doch diese Nummer im Waldorf choreografiert, stimmt's?«

»Nein. Ich hatte tatsächlich vor, den Präsidenten zu töten. Aber Isaac Sidel ist mir in die Quere gekommen. Sie haben meinen Fluchtweg gesehen. Ich habe die Küche benutzt.«

»Und ich habe zehn oder fünfzehn Köche vorgefunden. Einer davon bist du gewesen. Timmy war's, der diese kleine Kochschule organisiert hat.«

»Sie sind blind. Es war nicht Tim. Ich habe mich in einem Schrank versteckt. Isaac, diese Küche war einen Kilometer lang.«

»Niemand verhaftet dich. Sweets zerreißt deine Pensionierungsunterlagen. Und schon arbeitest du wieder im gewohnten Trott, genau dort, wo Dougy gearbeitet hat.«

»Hatte ich denn eine Wahl? Wie lange hätte ich überlebt ohne die Demokraten?«

»Es war ein Wahnsinnsding, bei der ersten Debatte neben Timmy zu sitzen, im selben Scheiß-Hotel, wo du beinahe den Prez umgelegt hättest.«

»Das war Michaels Idee.«

»Kann ich mir vorstellen. Fast hätte er tosende Beifallsstürme an der Columbia University bekommen… Doug, was zum Teufel machst du hier?«

»Ich kann zu Ende bringen, was Dougy angefangen hat.«

»Er war ein Geächteter in orangefarbenen Hosen. Du bist ein Police Captain mit Barton Grossvogels kompletter Bande.«

»Ich werde sie versetzen, Isaac, immer einen oder höchstens zwei auf einmal… ich werde den Armen helfen, das Leben ins Ödland zurückbringen. Vertrauen Sie mir.«

Der Captain kehrte zur Elizabeth Street zurück. Und für einen Moment wünschte sich Isaac, er hätte sein eigenes Odessa und könnte ein Bandit werden, der Polizeireviere niederbrannte. Aber er war nur ein Kerl mit einer Glock. Isaac Sidel. Ein Schatten schien mit ihm zu flirten, sich über die Dünen der Maldavanka zu legen und wieder zurückzuziehen.

»Natürlich«, murmelte Isaac. Wo sonst sollte ein Kamikaze ihm eine Falle stellen? Wer hätte Isaacs Schreie gehört bei seiner eigenen kleinen Erdrosselungsparty? War es diesmal ein Mann? Oder wieder eine Frau mit hufeisenförmigem Trizeps?

»Wie heißt du?«

»Martin Boyle.«

»Herr im Himmel«, sagte Isaac. »Verfolgst du mich? Ich dachte schon, du wärest ein Würger.«

»Ich werde dafür bezahlt, Ihnen zu folgen, Sir.«

Isaac ließ Raskolnikow aus dem Schuhkarton. Die Ratte sprang in die Luft und landete an Isaacs Hals. Ihre Augen schienen in der blauen Abenddämmerung zu brennen.

»Sie werden ihn nicht mit ins Weiße Haus nehmen können, Sir.«

»Dessen bin ich mir bewusst. Aber ich möchte Raskolnikows Gesellschaft genießen, solange ich noch kann.«

Und Isaac tauchte tiefer in die Dämmerung ein, wie ein Schulschwänzer, der schon sehr bald zu vollen vier Jahren Schule verurteilt wurde. Er hörte nicht das vertraute Schlurfen der Schuhe eines Secret-Service-Mannes.

»Bist du noch bei mir, Boyle?«

Er hörte keinen Laut.

»Bist du bei mir?«

»Ja, Mr. President.«